To:
From:

LES CONTES DU CHAT PERCHÉ

捉猫故事集

[法] 马塞尔・埃梅 Marcel Aymé 著

[法] 娜塔莉・帕兰 Nathalie Palan 绘

李玉民 译

上海译文出版社

马塞尔·埃梅

（Marcel Aymé 1902—1967）

作者介绍

马塞尔·埃梅（1902—1967），二十世纪法国伟大的短篇小说家、剧作家，与普鲁斯特、加缪、莫里哀等知名作家被一同选为“法国人喜爱的作家”。埃梅继承了法国现实主义和幽默的文学传统，作品构思奇巧、语言诙谐，往往能书写出现实生活中的荒诞感，因此也被称为“短篇怪圣”。其代表作品有《穿墙记》《绿色的母猫》等，专为儿童创作的《捉猫故事集》进入了法国中小学课堂，是广受欢迎的经典作品。

《捉猫故事集》中没有王子公主，没有魔法和城堡。只有一个普通的乡下农庄，生活在农庄的有小姐妹俩——苔尔菲娜和玛丽奈特、她们的爸爸妈妈以及一群会说话的动物。这些动物性格各异，是故事真正的主人公。他们中有会求雨的猫、耿直善良的狗、理性的鸭子、一心苦读的牛、想要瘦身的猪，还有渴望见到雪的豹子、想要改邪归正的狼、热爱自由的鹿，等等。会说话的动物们有时比人更懂得感恩和羞愧，而长大了的爸爸妈妈也曾经和每一个孩子一样天真善良淘气。人和动物热热闹闹相处的世界，幽默感人又发人深省。

CONTENTS 目录

一九三四版前言

去年的一天，我经过一棵鲜花盛开的苹果树下，看见一只肥猫栖在最低的一根树枝上。他凄惨地喵喵叫，我便停下脚步，问他哪儿疼。

“事情是这样的，”肥猫对我说，“刚才，我在树上睡觉，不知道怎么回事，醒来时才发现，我的胡须夹在树干和树皮之间了。现在还夹在里面呢，我甚至连头也不敢动一动，一动就疼，胡须很可能就会被揪掉了。”

我只需踮起脚尖，略微掀起树皮，将他的胡须拉出来就行了。我马上就动手做了。肥猫的胡须很漂亮，他特别引以为傲，这回得以解脱他非常高兴。他呼噜呼噜着对我说道：

“你心地很善良，我一定会报答你。看起来，你正在找什么东西。”

“说对了，猫。不过，我要寻求的，恐怕你帮不了我。”

“也难说。”

“我在寻觅让孩子们开心的故事，可是还没有找到。”

“故事？对了，我肚子里有哇，许多故事！听我讲……”

我坐到苹果树下，听肥猫给我讲述历险故事：这些故事只有肥猫熟知，因为就发生在附近的动物身上，以及发生在他的朋友——两个金发小姑娘的身上。

肥猫讲述的这些故事，我丝毫也没有改动，原本原样发表在这里。我的猫朋友认为，儿童凡是在能理解动物，能同动物说话的年龄，都适合看这些故事。

“不管怎样，”肥猫对我说道，“像这样的故事，我还知道其他的，而且在继续学习。明年，你若是愿意了解新的故事，等苹果树枝头开满鲜花，你只需再到这里来，在同一根树枝上，就能找到你的猫友。”

会求雨的猫

01

傍晚，爸爸妈妈下地回来，看见猫正在井台上梳洗呢。

“唉，”他们说，“瞧呀，猫用爪子搔耳朵了，明天又要下雨。”

果然，第二天下了一整天雨，就甭打算下地啦。爸爸妈妈出不了门，心里没好气，对两个女儿也不大有耐心了。苔尔菲娜是姐姐，玛丽奈特有一头最美的金发，小姐妹俩在厨房里玩飞鸽子、小骨拐、吊死鬼、布娃娃和狼在吗的游戏。

“就知道玩，”爸爸妈妈咕哝说，“就知道嘻嘻哈哈，都这么大姑娘了。瞧着吧，她们到了十岁，还是只会贪玩。不说缝点儿东西，给阿尔弗雷德叔叔写封信什么的。这不是更有用吗？”

他们数落完女儿，又责怪起坐在窗台上看下雨的猫。

“这家伙也一样，整天不干正经事儿。耗子还少吗？从地窖到阁楼到处乱窜。可是，这位先生就爱白吃饭，什么活儿也不干。倒是累不着。”

“你们什么事儿都看不顺眼，”猫回答，“白天就是用来睡觉和消遣的。到了夜晚，我在阁楼里跑来跑去，你们可没有跟在我后边夸奖我。”

“好啦，你总是有理，哼！”

傍晚，雨还下个不停。趁爸爸妈妈去喂牲口，小姐妹俩又围着餐桌玩起来。

“你们不该这么玩，”猫说，“没准儿又要把什么家什打碎。爸爸妈妈又该嚷嚷了。”

“要是听你的，那什么也甭玩了。”苔尔菲娜回答。

“就是嘛，”玛丽奈特附和说，“跟阿尔封斯（这是她们给猫起的名字）在一起，就只能睡觉。”

阿尔封斯不跟她们争论，小姐妹俩又开始跑起来。桌子中央放着一个瓷盘，家里用了一百来年了，爸爸妈妈把它当宝贝。苔尔菲娜和玛丽奈特跑着，还抓住桌子腿，连想也没有想就往上抬。瓷盘慢慢滑落到方砖地上，碎成了几片。猫一直坐在窗台上，连头也没有回。小姐妹俩再也没心思跑了，只觉得耳根子发烫。

“阿尔封斯，瓷盘打碎了，怎么办呢？”

“把碎片儿收走，扔到坑里。也许爸爸妈妈不会发觉。唉，算了，来不及了，他们回来了。”

爸爸妈妈一见盘子打碎了，立即暴跳如雷，像跳蚤一样在厨房里乱蹦。

“小冤家呀！”他们嚷起来，“家里用了一百来年的盘子！就让你们给打碎啦！两个小魔头，你们永远也造不出别的来。该惩罚你们：今后不准玩了，开饭时只能啃干面包！”

爸爸妈妈认为惩罚得还太轻，想了一下，冷笑着注视小姐妹俩，又说：

“不行，不罚吃干面包。明天，要是不下雨的话……明天……哈！哈！哈！明天，你们就得去看梅莉娜姑妈！”

苔尔菲娜和玛丽奈特脸色刷白，双手合十，并且用眼神哀求。

“怎么哀求也没用！要是不下雨的话，你们就到梅莉娜姑妈家，给她送一罐果酱去。”

梅莉娜姑妈是一个非常凶悍的老太婆，嘴里的牙齿掉光了，下巴长满了胡须。小姐妹俩到那村子去看她时，她总是亲她们，她的胡须扎脸就够讨厌的了，她还不断掐她们，揪她们的头发。她就喜欢逼她们吃发了霉的面包和奶酪：那是留给她们来吃，放久了长毛的。此外，梅莉娜姑妈还觉得两个侄女很像她，断言到不了年底，她们就会长得跟她一模一样，这让小姐妹俩一想就觉得太可怕了。

"可怜的孩子，"猫叹气说，"就因为打碎一只有缺口的盘子，这惩罚真够重的。"

"你多什么嘴？既然你替她们说话，那么打碎盘子是不是也有你的份儿？"

"哎！没有，"小姐妹俩说，"阿尔封斯没有离开过窗台。"

"住嘴！哼！你们都是一路货。你们互相护短，没有一个肯替另一个弥补过错。一只整天睡觉的猫……"

"你们既然拿出这种腔调，"猫说，"那我还是走吧。玛丽奈特，给我打开窗户。"

玛丽奈特打开窗户，猫跳到院子里。这时，雨恰巧停了，微风渐渐吹散乌云。

"天开始晴了，"爸爸妈妈开心地说，"明天准是个晌晴天，你们正好去梅莉娜姑妈家。运气不错。好了，哭够了吧！哭也不能把盘子修好。喂，还是到库房里抱劈柴吧。"

小姐妹俩走进库房，看见猫正蹲在劈柴垛上。苔尔菲娜透过泪光，望着猫洗脸。

“阿尔封斯！”她叫了一声，脸上露出愉快的笑容，叫妹妹好不奇怪。

“干什么呀，小姑娘？”

“我想到点事儿。明天，你要是愿意，我们就不去梅莉娜姑妈家了。”

“那再好不过了，但是，非常可惜，我对你们爸爸妈妈讲的话都不起作用。”

“恰恰用不着你跟爸爸妈妈讲。你知道他们说什么了吧？如果不下雨，就让我们去姑妈家。”

“怎么办呢？”

“那好哇！你只要把爪子伸到耳朵后边，明天就会下雨，我们就不用去梅莉娜姑妈家了。”

“咦，真的，”猫说，“我怎么就没想到。老实说，这是个好主意。”

猫立即把爪子伸到耳朵后边，一连搔了五十多次。

“今天晚上，你们可以安心睡觉了。明天准下大雨，连狗都出不了门。”

吃晚饭的时候，爸爸妈妈大谈特谈梅莉娜姑妈。他们已经准备好了要送给她的一罐果酱。

小姐妹俩费了好大劲儿才绷住脸，玛丽奈特瞥见姐姐的目光，有好几次要笑起来，赶紧假装吃饭噎着了。到了上床睡觉的时候，爸爸妈妈从窗口探出头去。

“要说好天，”他们说，“今晚上天还真好。天空中有这么多星星，以前恐怕还从没见过呢。明天正好出门儿。”

不料，第二天天空灰蒙蒙的，早早就开始下雨了。“没关系，”爸爸妈妈说，“这雨下不长。”他们让女儿穿上节日的衣裙，每人头上扎一条粉绸带。可是，雨下了一上午，又一直下到天黑。小姐妹俩不得不脱下节日衣裙，解下粉绸带。不过，爸爸妈妈的情绪依然很好。

“不就是往后推一推嘛。你们明天去看望梅莉娜姑妈。天开始放晴了。都五月了，要是接连下三天雨，那才是怪事呢。”

这天晚上，猫洗脸时，又用爪子搔耳根，第二天又是个雨天。跟昨天一样，不能打发女儿去梅莉娜姑妈家了。爸爸妈妈的情绪开始变坏了，因为天气不好，眼看惩罚一拖再拖，心里老大不痛快；不能下地干活儿，就更不痛快了。他们动不动对女儿发火，嚷嚷她们只会打碎盘子。“去看看梅莉娜姑妈，对你们会有好处，”他们接着说，“等天一晴，你们一早就去。”正在气急败坏的时候，他们又碰见了猫，于是一个用扫帚打，另一个拿脚踢，还骂猫是废物，是懒虫。

“噢！噢！”猫说，“我没想到你们这么凶狠。你们无缘无故就打我，但是，我以猫的身份起誓，你们会后悔的。”

假如爸爸妈妈不挑起这个事端，那么用不了多久，猫就会厌倦，就不会再让天下雨了，因为他爱爬树，爱到田野树林里奔跑；为了给朋友解忧，免得她们遭受去看望梅莉娜姑妈的惩罚，害得他自己也不能出门，这太过分了。然而，那顿脚踢和扫帚打，让他记忆犹新，不用小姐妹俩恳求，他也会用爪子搔耳根。此后，他把这当成自己的事情。一连八天，从早到晚，雨下个不停。爸爸妈妈无可奈何地待在家里，眼睁睁看着庄稼烂了根，再也顾不上生闲气了。他们已经忘掉瓷盘和看望梅莉娜姑妈的事，不过对猫开始看不顺眼了，他们动不动就小声嘀咕，商量了好久，谁也猜不透他们打的什么主意。

雨下到第八天，爸爸妈妈不顾坏天气，一大早就准备去车站，要把几袋土豆运到城里。苔尔菲娜和玛丽奈特起来，看见爸爸妈妈正在厨房里缝一个口袋。桌上还放着一块石头，少说也有三斤重。小姐妹俩问起这是干什么，爸爸妈妈神情有点尴尬，回答说是要跟土豆一起托运的东西。这时，猫走进厨房，礼貌地向所有人打招呼。

“阿尔封斯，”孩子们的父母说，“给你一大碗鲜奶，放在炉灶旁边了。”

“谢谢，主人，你们真好。”猫说。他很久没有得到这种优待了，感到有点意外。

正当他喝鲜奶的时候，爸爸妈妈每人抓住他两条腿，把他头朝下塞进口袋，再把三斤重的石头装进去，用粗绳把袋子口封死了。

“你们这是干什么？昏了头啦！”猫在口袋里边挣扎边叫喊。

“干什么？”孩子们的父母说，“每天晚上都搔耳朵的猫，我们不要了。这雨下得够呛了。既然你这么喜爱水，小家伙，那就让你喝个够。过五分钟，你就沉到河底洗脸吧。”

苔尔菲娜和玛丽奈特大声叫喊，不让把阿尔封斯扔进河里。爸爸妈妈也叫嚷着，说什么也挡不住他们要淹死一个天天求雨的该死的畜生。阿尔封斯喵喵叫着，发疯一般在口袋里挣扎。玛丽奈特隔着口袋布拥抱他，苔尔菲娜跪下替猫求饶。

“不行，不行！”爸爸妈妈吼叫，“不能可怜坏猫！”

他们猛然发觉快到八点了，要赶不上火车了。两人急忙穿上雨衣，戴上雨帽，离开厨房前对女儿说：

“现在没时间去河边了。等我们中午回来再说。但是这阵工夫，你们不要打算拆开口袋。到了中午，如果阿尔封斯不在里面，你们就得马上去梅莉娜姑妈家，住上半年，也许住一辈子。”

父母刚一上路，苔尔菲娜和玛丽奈特就拆开了口袋绳。猫从袋子口探出头来，对她们说：

“小姑娘，我一直认为你们有金子一样的心。如果我要活命，却眼睁睁地看你们去梅莉娜姑妈家住半年，或许更长时间，那我就成了无耻的猫。要是以这种代价活命，那我宁愿让人扔进河里一百次。”

“梅莉娜姑妈并不像别人说的那么凶，而且，半年很快就会过去的。”

可是，猫说什么也不肯。为了表明主意已定，他又把头缩进口袋里。苔尔菲娜竭力劝说他，玛丽奈特则到院子里找鸭子讨主意。鸭子正冒雨在一个水坑里嬉戏，他遇事谨慎，办事认真。为了更好地思考，他把头埋到翅膀里。

“我绞尽脑汁也想不出好主意，”鸭子终于说道，“没法儿让阿尔封斯从口袋里出来。我了解他，他特别固执。就是硬把他拉出来，等爸爸妈妈一回来，也阻止不了他去见他们。再说，我认为他做得很对。就拿我来说，如果由于我的过错，你们不得不去受梅莉娜姑妈的摆布，那我的良心会不安的。”

“那我们呢？如果阿尔封斯给扔到河里淹死，我们就不会受到良心的谴责吗？”

“那当然，当然会，”鸭子说，“必须找一个两全其美的办法。可是我考虑了半天，真没想出什么办法来。”

玛丽奈特打算找农场的动物们商量，她决定让他们全体进入厨房，以免耽误时间。马、狗、公牛、奶牛、猪、家禽们，都来了，一个个坐到小姑娘指定的座位上，围了一圈；猫在中间，他同意把头伸出口袋。鸭子在他旁边，首先向大家介绍情况。等他讲完了，动物们都开始静静地考虑。

“谁有主意啦？”鸭子问。

“我，”猪回答，“这样吧，到了中午，主人回来的时候，我去跟他们谈谈。他们产生这种坏念头，我要使他们感到惭愧。我要向他们解释，动物的生命是神圣的，他们要是把阿尔封斯扔到河里，就犯了一桩大罪。他们一定会理解我的意思。”

鸭子赞同地点点头，但还不完全信服。在主人的思想里，猪是进腌肉缸的货，他讲的道理恐怕没有多大分量。

“谁还有好主意？”

“我，”狗说，“你们听我的就行了。等主人回来取口袋，我就咬住他们的腿肚子，直到他们把猫放掉。”

看来这主意不错。但是苔尔菲娜和玛丽奈特虽然有点动心，却不愿意让狗咬爸爸妈妈的腿肚子。

“再说，”一头奶牛指出，“狗特别听主人的话，根本不敢咬。”

“真的，我太听话了。”狗感叹道。

“有一个更简单的办法，”一头白公牛说，“阿尔封斯干脆出来，换进去一块劈柴就行了。”

公牛的话受到普遍的赞赏，但是猫却摇头。

“不行，主人一旦发觉口袋里不动弹，不说话，也不喘气，他们马上就能识破。”

应当承认，阿尔封斯的话有道理。动物们有点泄气了，沉默下来。这时，马开始发言，这是一匹老马，他四条腿发抖，只剩下一副骨头架子；主人已经不用他干活儿了，准备把他卖到宰马场去。

“我活不长了，”马说，“反正也是个死，还不如干点有益的事。阿尔封斯还年轻，还有猫的美好前程。应当由我代替他，钻进口袋里。”

大家听了马的建议，都十分感动。尤其是阿尔封斯，他从口袋里出来，弓起背在马腿上蹭来蹭去。

“你是最好的朋友，最慷慨的动物，”猫对老马说，“如果我今天侥幸不被淹死，我永远也不会忘记你愿意为我做出的牺牲，我由衷地感激你。”

苔尔菲娜和玛丽奈特鼻子发酸，连连抽泣。猪也有一颗美好的心灵，他放声大哭。猫用爪子直擦眼睛，又继续说：

“可惜，你的建议无法实现，我很遗憾。因为，我已准备接受你出自这么诚挚的友谊向我提的建议，可是口袋刚能装下我，因此你代替不了我。恐怕你连整个脑袋也钻不进去。”

小姐妹俩和全体动物都马上明白无法替换。老马站在阿尔封斯身边一比，简直成了庞然大物。一只公鸡不懂规矩，他觉得这种对比很滑稽，咯咯大笑起来。

“安静！”鸭子对他说，“我们没有心思笑，我原以为你明白这一点，不料你是个不懂事的顽童。请给我们出去。”

“喂，”公鸡反驳说，“管好你自己的事儿吧！难道我有向你打听时间吗？”

“天哪，他真粗鲁。”猪咕哝说。

“滚出去！”动物们异口同声地喊，“公鸡，滚出去！粗鲁的家伙，滚出去！滚出去！”

公鸡气得冠子通红，在一片斥责声中跑出厨房，他发誓要报复。外面下雨了，他就躲进了仓房。过了一会儿，玛丽奈特也进来，她在柴堆里仔细挑选一块劈柴。

“我也许能帮你找到你要挑选的。”公鸡和气地建议。

“哦！不用。我要找一块劈柴，形状……得有一定形状。”

“得有猫的形状，对吧。可是，正如猫讲的，你爸爸妈妈会发现劈柴不动弹。”

“应该不会发现，”玛丽奈特回答，“鸭子已经有了主意……”

刚才在厨房里，大家都说要防着点公鸡，玛丽奈特怕自己言多有失，马上住嘴，抱着刚挑的一块劈柴离开了仓房。公鸡望着她冒雨跑进厨房里。

又过了一会儿，苔尔菲娜跟猫出来，打开仓房的门让猫进去，她在门口等着猫。公鸡睁圆了眼睛，怎么也弄不清楚这是干什么。苔尔菲娜不时走到厨房窗前，声音不安地问时间。

“差二十分十二点，”玛丽奈特第一次回答。“差十分十二点……差五分十二点……”

猫没有再露头。

除了鸭子，全体动物都离开厨房，找地方避雨去了。

“几点啦？”

“十二点了，完了。好像……你听见啦？马车声。爸爸妈妈回来了。”

“那就算了，”苔尔菲娜说，“我去把阿尔封斯关在仓房里。去梅莉娜姑妈家住半年，反正也死不了。”

她伸胳膊正要关门，阿尔封斯嘴里叼着一只活老鼠，出现在门口。爸爸妈妈的马车驶得很快，已经到了路口。

猫和苔尔菲娜一前一后冲进厨房。玛丽奈特已经用破布包好劈柴，好让它显得柔软点儿。她把包好的劈柴放进口袋里。现在，她打开袋子口，等猫把被他叼着脊背皮的老鼠放进去，立即合上口袋。父母的马车驶到了院子边上。

“耗子，”鸭子俯向口袋说，“猫好心饶你一条小命，但有一个条件。你听见了吗？”

“哦，听见了。”一个细微的声音回答。

“只要求你干一件事，就是在口袋里的劈柴上跑来跑去，好让人以为劈柴在动。”

“这容易。还有呢？”

“还有，等一会儿有人会拿走口袋，扔进水里。”

“哦，可是……”

“少废话。口袋底下有一个小洞。如果有必要，你就把洞啃大点儿；等你听见旁边有狗叫，你就逃掉。但是不能在狗叫之前逃跑，不然他就咬死你。明白了吗？千万记住，不管发生什么情况，你也不能喊出声，不能说一句话。”

爸爸妈妈的马车驶进院子。玛丽奈特把阿尔封斯藏在木箱里，把口袋放到箱盖上。在父母卸车的工夫，鸭子离开了厨房，小姐妹俩故意把眼睛揉红了。

“真是鬼天气，”爸爸妈妈边进门边说，“雨把斗篷都浇透了。想想吧，全怪猫这畜生！”

“要是不把我关在口袋里，”猫说，“我也许会发善心可怜你们。”

猫蜷在木箱里，正好在口袋下面，说话的声音减弱了一些，仿佛是从口袋里发出来的。老鼠在口袋里，从劈柴上来回跑，把口袋布拱得一起一伏的。

“我们是主人，用不着可怜。倒是你够可怜的，落到这种糟糕境地。不过，这是你自作自受。”

“算了，主人，算了。你们净装样子，其实并没那么凶狠。把我从口袋里放出来吧，我保证原谅你们。”

“原谅我们！简直太过分了。这一个星期，莫非是我们天天求雨了吗？”

“哎！那倒不是，你们可没这个本事，”猫说，“可是那天，是你们无缘无故打了我。魔鬼！刽子手！没心肝！”

“哼！该死的猫！竟然骂起我们来了！”主人叫嚷着。

他们气极了，抄起扫帚就往口袋上打，一下下全打在布包着的劈柴上。老鼠吓坏了，在口袋里乱蹦，阿尔封斯装作疼得嗷嗷叫。

“这回你领教了吧？你还说我们没心肝吗？”

“我不再跟你们说话了，”阿尔封斯回敬道，“你们这样凶狠的人，随你们说什么，我再也不张口了。”

“随你便，小家伙。再说，也许该了结这件事了。好了，去河边。”

爸爸妈妈抓起口袋，不理睬小姐妹俩的叫喊，离开了厨房。狗一直在院子里等着，这时跟在他们身后，他那惊愕的样子，使他们有点儿尴尬。他们从仓房前边经过时，被公鸡叫住了：

“喂，主人，你们是要把可怜的阿尔封斯淹死吧？不过说说看，他大概已经死了？他像一块劈柴一样不再动弹了。”

“这很可能，他挨了一顿扫帚，恐怕快没气了。”

孩子的父母说着，瞧了一眼藏在斗篷里的口袋。

“可是，他总还能动弹几下吧？”

“对，”公鸡说，“可是，我怎么没听见他的动静，口袋里好像装的不是只猫，而是一块劈柴。”

“是猫，他刚才对我们说，他再也不开口了，甚至不回答我们的问话了。”

这回，公鸡不敢再怀疑猫不在袋子里，便祝他们一路顺风。

就在这工夫，阿尔封斯已经从木箱里出来，在厨房里和小姑娘们跳起舞来。鸭子看他们玩得高兴，不愿意扫他们的兴，但他挺担心，想到孩子们的父母也许发现猫被调了包。

“现在，应当谨慎小心，”鸭子等他们闹腾完了就说，“不能让他们一回来就看到猫在厨房里。阿尔封斯该躲到阁楼里去了。记住，白天千万不要下来。”

“每天晚上，”苔尔菲娜说，“你到仓房都能找到吃的东西和一碗牛奶。”

“白天，”玛丽奈特保证说，“我们会上阁楼向你问好。”

“我也会到你们房间去看你们。晚上，你们临睡觉的时候，把窗户留条缝就行了。”

小姐妹俩和鸭子一直把猫送到仓房门口。他们跟那老鼠同时到达：老鼠从口袋里逃出来，回到了仓房。

“怎么样？”鸭子问。

“我全身都浇湿了，”老鼠说，“冒雨回来，这段路可够长的。你们想想看，我差点儿给淹死。狗到最后一秒钟才叫起来，你们的爸爸妈妈已经到河边了，差一点点他们就把我连口袋一起扔进水里了。”

“总算一切顺利，”鸭子说，“你别磨蹭了，赶紧回仓房吧。”

爸爸妈妈回来，看见两个女儿坐在桌子旁边唱歌，非常反感。

“真的，可怜的阿尔封斯死了，看样子你们倒不怎么悲伤。那在他走的时候，你们就没必要叫得那么凶了。老实说，他应当交些更忠诚的朋友。其实，他是个很好的伙伴，我们会非常想念他的。”

“我们很伤心，”玛丽奈特肯定地说，“但是，他既然死了，真的，他已经死了，别人也就无能为力了。”

“归根结底，他是自作自受。”苔尔菲娜补充一句。

“这种说法，我们听着很刺耳，”爸爸妈妈斥责说，“你们真是没有心肝的孩子。我们很想，哼！对，很想打发你们去梅莉娜姑妈家一趟。”

说到这里，全家人坐下来开始吃饭；然而，爸爸妈妈特别悲伤，几乎吃不下饭，就对大吃大嚼的女儿说：

“伤心归伤心，你们还照样吃饭。可怜的阿尔封斯要是能看见我们，他就会明白谁是他真正的朋友了。”

吃完饭，爸爸妈妈止不住流下眼泪，用手绢捂着脸放声大哭。

“瞧瞧你们，爸爸妈妈，”女儿说，“瞧，鼓起勇气来。不要感情用事。哭也不能使阿尔封斯起死回生啊。当然喽，是你们把他塞进口袋里，打了一顿棍子，又扔到河里，但是要想到，这是为了我们大家好，为了让太阳出来照我们的庄稼。你们要理智一些。你们去河边那会儿，可是勇气十足，兴高采烈！”

这一天下午和晚上，爸爸妈妈很伤心，但是到了第二天早晨，天空晴朗，田野充满阳光，他们也就不怎么思念猫了。后来几天，他们就更不想了。天气越来越炎热，地里活儿忙，他们没有工夫懊悔。

至于小姐妹俩，她们用不着想念阿尔封斯。他几乎和她们形影不离，趁孩子们的父母不在家，他从早到晚待在院子里，只是在吃饭的时候躲起来。

晚间，他会到她们的房间去找她们。

一天傍晚，孩子们的父母回到家，公鸡迎上来，对他们说：

“我不知道这是不是瞎想，可我觉得在院子里看见阿尔封斯了。”

“这只公鸡是个白痴。”他们咕哝一句，便走过去了。

不料，第二天，公鸡又迎上来对他们说：

“如果阿尔封斯不在河底，那我敢发誓，今天下午我看见他在院子里，跟小姐妹俩玩呢。”

“他越来越痴呆了，总是说起可怜的阿尔封斯……”

孩子们的父母说着，定睛端详公鸡。他们开始小声合计，仍目不转睛地注视他。

“这只公鸡脑子笨，”他们说，“不过，他的气色真好。天天看见他，却没有觉察这一点，其实他长成了，再喂下去也长不了肉了。”

第二天清早，公鸡正要开口讲阿尔封斯的时候，就给宰掉了，被做成炖鸡肉，大家吃了都非常满意。

阿尔封斯“死”后，有半个月光景，天气一直晴朗，没下一滴雨。孩子的父母说运气不错，但又有点不安地说：

“这样的天也不能持续太久，那样就旱了。下一场透雨就好了。”

到了第二十三天头上，还是没有下雨。

土地太干旱，庄稼不长了。小麦、燕麦、黑麦都不长了，并且开始枯黄。“这天气再有一星期，”爸爸妈妈说，“庄稼就全烤焦了。"他们愁眉苦脸，高声叹息阿尔封斯死了，并且怪罪两个女儿："如果你们不把瓷盘摔碎，就不会闹出猫的事情来，那他就会给咱们求来雨了。"

晚上吃过饭，他们坐到院子里，望着没有云彩的夜空，痛心地扭着双手，呼喊阿尔封斯的名字。

一天早晨，爸爸妈妈到房间来叫醒小姐妹。在这之前，猫跟她们俩聊了小半夜，就留在玛丽奈特的床上睡了。他听见开门声，急忙钻进被子里。

"到时候了，"爸爸妈妈说，"醒一醒。暖烘烘的太阳出来了，今天又没有雨……唉！这样下去……"

他们突然住口了，伸长脖子，睁大眼睛，注视着玛丽奈特的床。阿尔封斯以为藏好了，却没想到尾巴露在外边。苔尔菲娜和玛丽奈特还没睡醒，她们缩在被子里，只露着头发。父母蹑手蹑脚走近，四只手一下抓住猫尾巴，猛地把他拎了起来。

"咦！这不是阿尔封斯嘛！"

"对，是我，先放下我，都把我弄疼了。放下来再向你们解释。"

父母把猫放到桌子上。苔尔菲娜和玛丽奈特只好承认要淹死猫那天干的事情。

“这也是为你们好，”苔尔菲娜强调说，“免得你们弄死一只毫无过失的猫。”

“可是，你们却没有听我们的话，”爸爸妈妈申斥说，“说过的话就得算数。你们往梅莉娜姑妈那里去一趟吧。”

“哼！来这一手？”猫跳到窗台上叫嚷道，“那好哇，我也去梅莉娜姑妈家！而且我要头一个动身。”

孩子们的父母明白自己讲了蠢话，便哀求阿尔封斯留在农场里，因为这关系到收成的好坏。可是，说什么猫也听不进去。他们恳求了好久，又答应不让女儿离开农场，猫这才同意留下来。

当天傍晚，天气异常闷热。苔尔菲娜、玛丽奈特、爸爸妈妈以及农场的全体动物在院子里围了一个大圆圈，阿尔封斯坐在圆圈中间的凳子上。他不慌不忙，开始洗脸，然后，又用爪子搔了五十多下耳根子。

第二天早晨，在旱了二十五天之后，终于下了一场透雨，人和动物都感到清爽了。院子里、田地和草场上，草木庄稼都开始变绿了。

过了一周，又发生一件大喜事。梅莉娜姑妈刮掉了胡须，很快就结了婚，跟随新丈夫到离小姐妹俩千里之外的地方定居了。

小姑娘变成驴和马

02

苔尔菲娜和玛丽奈特躺在各自的床上，由于屋里照进明亮的月光，小姐妹俩一时没有睡着。

“你不知道我想变成什么吧？”玛丽奈特说，她的头发比姐姐的更加金黄。“我想变成一匹马。真的，我特别希望变成一匹马。那样，我就会有四只特别棒的蹄子，还有鬃毛、长尾，我就会跑得比谁都快。当然啦，我要变成一匹白马。”

“我呀，”苔尔菲娜也说，“我没敢想那么好。要是变成一头灰毛驴，头上有一块白斑，我就满意了。我也能有四只蹄子，还有两只长耳朵，可以摆来摆去，很好玩，眼睛要特别温柔。”

她们又聊了一会儿，最后一次表达了愿望，玛丽奈特要变成马，苔尔菲娜要变成一头带白斑的灰毛驴。两人说着说着便沉沉入睡了。大约过了一个钟头，接着就是从未有过的漆黑的夜晚。第二天，村里好几个人说，他们在黑夜里听见铁链响，还听见八音盒声和狂风的呼啸，尽管昨夜根本没有起风。家里的猫了解许多事情，当时他到小姐妹俩的窗下来回看了好几趟，扯着嗓子喊，可是她们睡得太死，根本没有听见。猫让狗去叫，同样没有把她们叫醒。

玛丽奈特清早睁开眼睛，从睫毛缝里瞧见，姐姐床上有两只毛茸茸的大耳朵在枕头上晃动。她觉得自己也睡得很不舒服，就好像全身被床单和被子紧紧裹起来。不过，睡意战胜了好奇心，她的眼皮重又合上了。苔尔菲娜睡眼惺忪，也朝妹妹的床铺瞥了一下，觉得好怪，床铺显得那么大，鼓起一个大包，但她没有细想又睡着了。又过了一会儿，两人才真正醒来，瞧瞧自己的下巴，脸似乎拉长了许多，模样儿变了。苔尔菲娜朝玛丽奈特的床铺扭过头去，不禁惊叫一声。她原以为在枕头上会看见玛丽奈特那头金发，不料却是个马头。玛丽奈特面对一张驴脸，也吓了一跳，失声惊叫。可怜的小姐妹俩转动着大眼珠，从被窝伸出脖子，相互仔细打量，弄不明白她们身上发生了什么，每人心里都嘀咕自己的姐姐或者妹妹哪儿去了，为什么一头牲口占了她的床位。玛丽奈特差点儿哭起来，可是她一端详自己，就看见大胸脯、长着蹄子的带毛的四肢，这才恍然大悟，原来昨晚的愿望实现了。苔尔菲娜瞧着自己身上的灰毛、蹄子，以及白床单上长耳朵的影子，也如梦初醒。她叹了一口气，软软的嘴唇却发出巨大的声响。

“是你呀，玛丽奈特？”她问妹妹，这颤抖的声音连她自己都听着陌生。

“对，”玛丽奈特回答，“原来是你呀，苔尔菲娜？”

她们俩费了好大劲儿才下了床，八只蹄子站到地上。苔尔菲娜变成一头漂亮的小驴，个头儿比妹妹小得多；妹妹变成一匹健壮的佩尔什马，比姐姐高出一头。

“你的皮毛真美，”苔尔菲娜对妹妹说，“你要是看见自己的鬃毛，准会高兴……”

可是，可怜的大马并不想奔跑。她注视着放在床头一把椅子上的小姑娘的裙子，心想也许永远不能再穿了，不禁难过起来，四肢不住颤抖。灰毛驴竭力劝解，看到自己的话全不起作用，就用柔软的大耳朵抚摩她的脖颈。当妈妈进屋的时候，她们俩紧紧靠在一起，马头垂在驴头上，谁也不敢抬眼睛。妈妈觉得两个女儿的念头挺怪，竟把两头不是自己家的牲口牵进屋里，于是大声表达她对这件事的极度不满。

“喂，我的两个疯女儿在哪儿呢？她们一定藏在这房间里，这不，衣服还放在椅子上。好啦，别藏了，出来吧！我可没心思跟你们闹着玩……”

妈妈见没人出来，就走过去摸两张床铺，又俯下身看床底，这时她忽然听到有人轻声叫：

“妈妈……妈妈……”

“唉，唉，我听见你们的声音了……好了，出来吧。我要告诉你们，我可一点也不高兴……”

“妈妈……妈妈……”她又听见有人叫。

这可怜的沙哑的声音，她都听不出是谁了。房间里找不到女儿，她回身要问驴和马，可是看见驴和马忧伤的眼神，一下子怔住了。驴先开了口，她说：

“妈妈，别找玛丽奈特，也别找苔尔菲娜了……你瞧见这匹大马了吧？她就是玛丽奈特，而我就是苔尔菲娜。”

“你们跟我胡扯什么？我还看不出来，你们不是我的女儿！”

“不对，妈妈，”玛丽奈特说，“我们是你的两个女儿……”

可怜的妈妈终于听出玛丽奈特和苔尔菲娜的声音。两个

女儿的头搭在她的肩膀上，母女三人哭了许久。

“你们在这儿待一会儿，”妈妈对她们说，“我去找你们爸爸去。”

爸爸也来了，他哭够了之后，就开始考虑女儿改变了形体，如何安排新的生活。首先，她们不能住原来的屋子了，房间太狭窄，装不下这两头大牲口。最好是把她们两个安顿到牲口棚里，垫上新干草，槽子里多添些草料。爸爸跟在她们俩后面，走到院子里，他打量着马，漫不经心地小声说：

“还别说，真是头好牲口。”

天气晴朗的时候，驴和马不大待在牲口棚里，而是去牧场吃草，谈论她们从前是小姑娘时的情景。

“你还记得吧，”马说，“有一天，也是在这片草场上玩，过来一只大公鹅抢了我们的球……”

“他咬了我们的腿肚子……”

两头牲口说到后来痛哭流涕。用餐的时候，爸爸妈妈吃饭，她们俩就来到厨房，挨着狗坐下，大家都以深情的目光注视着她们。可是过了几天，爸爸妈妈就叨咕她们俩个儿太大，太碍事，不应当待在厨房。她们俩只好站在院子里，头从窗户探进去。苔尔菲娜和玛丽奈特出了这种奇事，父母一直很伤心，但是一个月过后，他们就不大想这事了，对驴和马也司空见惯了。总而言之，他们不那么关心她们俩了。就拿妈妈来说，她不再像头几天那样，拿玛丽奈特用过的丝带给马鬃扎辫子了，也不把手表套在驴腿上了。而且有一天，爸爸吃午饭的时候，脸色很不好，他冲着从窗户缝探进头来的两头牲口叫嚷：

“喂，你们两个给我滚开！牲口就是牲口，不能总往厨房里探头探脑……再说，不管什么时候，你们总在院子里溜达，这家成什么样子啦？昨天，我还看见你们进了园子，这也太不像话啦！告诉你们，从现在开始，你们要么待在牧场上，要么待在牲口棚里。”

她们俩垂着头走开了，心里从来没有这么痛苦过。从这天起，她们俩就特别留神避开父亲，只是在他来垫草的时候才见一面。她们觉得父母比从前更可怕了，她们还总感到自己有罪过，却又不知道犯了什么过失。

一个星期天下午，她们俩正在牧场上吃草，望见阿尔弗雷德叔叔来了。他老远就冲孩子的父母喊：

“你们好！是我，阿尔弗雷德！我来向你们问好，还要亲亲两个小家伙……咦，怎么没有看见她们俩呀？”

“你来得不是时候，”孩子们的父母回答，“她们正巧去冉娜姑妈家了！”

驴和马很想对阿尔弗雷德叔叔说，小姐妹俩并没有离开家，而是变成了两头不幸的牲口，就站在他面前。当然，他也无力改变她们的状况，但是他可以陪她们哭一通，这样也是好的。但她们不敢讲，怕惹火了爸爸妈妈。

“老实说，”阿尔弗雷德叔叔说，“见不到我那两个金发小姑娘，我还真感到遗憾呢……唉，瞧呀，你添了一匹好马和一头好驴。我可从来没见过，上次的信里你也没有告诉我呀。”

“新添了还不到一个月。”

阿尔弗雷德叔叔抚摸两头牲口，他惊奇地发现，两头牲口的眼神特别温柔，主动伸长脖子让他抚摩。当马在他面前弯下前腿开口说话的时候，他就更加惊奇了。只听马说：

“您一定累了吧，阿尔弗雷德叔叔。骑到我背上吧，我一直把您驮到厨房去。”

“把您的雨伞给我吧，”驴说，“您不用拿着，挺碍事的。挂到我的一只耳朵上吧。”

“你们太好了，”叔叔回答，“不过，这么近的路，就不必麻烦你们了。”

“不麻烦，我们还更高兴呢。”驴叹口气说。

“喂，”爸爸妈妈插进来说，“别缠你们叔叔了，去，到牧场里边去。叔叔已经看够你们了。”

向一头驴和一匹马提他，竟用“你们叔叔”这种说法，客人听了不免奇怪；不过，他挺喜欢这头驴和这匹马，因此对这种说法一点也不生气。他朝住宅走去，走远了还好几次回头，向她们挥动雨伞。

不久，她们的饲料不那么丰盛了。储备的草料锐减，要给耕牛和奶牛多吃些，因为耕牛干活儿，奶牛产奶。至于燕麦，驴和马也好久没有见到了。父母甚至不准她们去牧场，以便让草长起来好收割。她们只能在沟边和路边吃草。

爸爸妈妈养不起这么多牲口，就决定卖掉耕牛，让驴和马干活儿。一天早上，爸爸给马上套拉车，妈妈则让驴驮两大袋蔬菜进城去赶集。头一天，父母还表现出极大的耐心，第二天，也只是说她们几句；后来，就严厉地责备，有时竟大发雷霆，厉声责骂。马吓坏了，不知道往左还是往右，也不知道该走还是该停。

于是，爸爸狠狠地拉缰绳，以致嚼子勒破了马的嘴唇，疼得马嘶叫一声。

有一天，马拉着车上很陡的坡路，气喘吁吁，走走停停。她拉的车很重，从前又没有被训练过干这么重的活儿。爸爸坐在车上，扯着缰绳，见她走得太慢，一步一停，再启动更费劲，他就开始不耐烦了，但还只是用舌头打响，给她鼓劲，看到没有效果，他就骂起来，甚至冒出一句话，他从来没有见过这么可恶的马。马大为震惊，戛然停下，腿都发软了。

“嘿，吁！”爸爸吆喝，“吁！吁！该死的牲口。等着，看我怎么让你走！”

他火冒三丈，好几次挥鞭威胁，并抽在马肋上。马没有发出哀怨声，只是回头看看爸爸，那眼神非常悲伤；爸爸见了，脸一下子红到耳根子，鞭子也从手中失落了。他跳下车，上去搂住马脖子，请求她原谅他刚才这么凶狠。

“我忘记了你跟我的关系。喏，我就好像赶一匹普通的马。”

“不管怎么说，”马回答，“即使是普通的一匹马，也不应该用鞭子抽得这么狠。”

爸爸保证今后注意，不再发火；他真的说到做到，好长时间不再使用鞭子。然而有一天，时间紧迫，他控制不住，又往马腿上抽了一鞭。

习惯成自然，不久，他几乎连想也不想就挥鞭抽马。有时，他心中也感到一丝内疚，但又耸耸肩膀，说：

“一匹马，究竟是不是我的？是我的，就得让她听话。”

驴的处境同样不妙。每天早晨，她背上驮着重东西，进城赶集，也不管天气好坏。下雨的时候，她母亲撑开雨伞，根本不在乎她的毛有没有被浇湿。

“从前我是小姑娘那时候，”驴说，“你就不会让我这么浇着了。”

“对待驴嘛，倒要像照看孩子那样，”妈妈回答，“可是你呢，顶不了什么大用，真不知道我们该拿你怎么办。”

驴跟马一样，也免不了挨打。既然成了驴，她有时也非常固执，说不定走到哪个十字路口，无缘无故就突然停下，不肯再走了。妈妈还是尽量好言好语劝她。

“喂，”妈妈抚摩着她说，“要听话，我的小苔尔菲娜，原先，你一直是个好姑娘，是个听话的孩子……”

“再也不存在小苔尔菲娜了，”她并不生气，却反驳说，“我不过是头驴，不愿意动地方的驴。”

“好了，别胡闹了，你也清楚，你这样捞不着好处。我要数到十，想想吧。”

“全想好啦！”

“一……二……三……四……”

“我一步也不动。”

“五……六……七……”

“把我的耳朵割掉我也不走。”

“八……九……十！该死的畜生，这是你自找的！”

驴背上挨了一顿棒子，最后不得不走。其实，在变成驴和马的新生活中，小姐妹俩最难忍受的是彼此分开。从前，无论上学还是在家里，苔尔菲娜和玛丽奈特从来没有分开超过一小时。可是现在，驴和马要分开干活儿，晚上回到牲口棚里，她们已经筋疲力尽，睡觉之前，也就只能抱怨几句父母多么无情。她们就盼望星期天休息。一到星期天，她们俩什么活儿也不用干，或者一道出去，或者待在牲口棚里。姐妹俩得到父母的同意，还可以玩布娃娃。食槽里垫个草铺，让布娃娃躺在上面。她们俩没有手，只能看着布娃娃，跟她说话，不能抱，不能摇，也不能给她穿衣服梳头发，一个布娃娃通常所需要的照顾，她们一样也不能给。

“我是你妈妈玛丽奈特呀，”马说，“哦！看得出来，你觉得我有点变了。”

“我是你妈妈苔尔菲娜呀，”驴也说，“不要太注意我的耳朵。”

下午，她们俩出去，沿着路边吃草，久久谈论自己的悲惨遭遇。马比伙伴的脾气暴些，会讲些气话骂主人。

“我真奇怪，”马说，“其他动物这么受虐待，都默认了。我们是家里的，还算不错啦！我心里很清楚，如果他们不是我的父母，我早就逃走了。”

马说着，忍不住失声痛哭，驴也用力抽鼻子。

一个星期天早晨，父母带着一个男人进牲口棚。那人粗嗓门，穿件蓝色外套，在马的后面停下脚步，对身后的主人说：

“就是这匹马。那天，我正是看见她在路上跑。唔！我的记性好，哪匹马只要见过一回，在上千匹马里我也能认出她来。应当说，这是我的职业。”

他哈哈大笑，亲热地拍了一下马，补充说：

“她并不比别的马调皮。我甚至可以说，她还挺对我的心思。”

“让您瞧瞧，是给您个人情，”孩子的父母说，“要说别的，就不要打这个主意了。”

“人都这么讲，”那人说，“过后又要改变主意。”

说着，他围着马转，仔细端详，伸手去摸马腹和四肢。

“您还没完啦？”马对他说，“我可不喜欢这样摸摸拍拍的！”

那人一笑置之，又扒开马嘴唇，看看牙口。然后，他转身对主人说：

“我给二百怎么样？”

“不行，不行，”主人连连摇头说，“二百不行，三百也不行……就别费唇舌了！”

“我要是给五百呢？”

主人迟疑了一下才答复，他们满脸通红，不敢看顾客。

“不行，”妈妈低声说，声音低得几乎听不见，“噢！不行。”

“要是给一千呢？”穿蓝外套的人高声说，他那粗嗓门像吃人魔怪，使马和驴害怕起来。“嗯？我要是再添一千呢？”

爸爸想回答点什么，却说不出话来，他干咳两声，向那人摆了摆手，示意到外面商量更好些。他们走到院子里，立刻成交。

“同意这个价，”那人说，“不过，买下之前，我要看一看，让她在我面前走一走，跑一跑。”

猫在井台上打盹，听到这话，立即跑到牲口棚，冲马耳朵说：

“等主人让你到院子里，只要那人看着你，你就装作一条腿瘸。”

马听从了猫的建议，一出牲口棚，就假装腿很疼，走路一瘸一拐。

“咦！咦！咦！”那人对主人说，“你们可没告诉我她腿不好。这样一来，情况可大不一样了。”

“也许是耍点小脾气，”主人肯定地说，“今天早上，她四条腿还好好的呢。”

然而，那人再也不要听下去，瞧也没有再瞧马一眼，就扬长而去了。主人怏怏不乐，把马牵回牲口棚。

“我看你是成心的！”爸爸吼道，“哼！该死的劣马，我肯定她是故意的！”

“该死的劣马？”驴说，“我想，这样称呼给父母增光的小女儿，可真好听啊！”

“我用不着问一头蠢驴的看法，”爸爸反驳说，“不过，这次例外，因为是星期天，我愿意费神回答你的放肆无礼的话。听你的意思，就好像我们真是一匹马和一头驴的父母。你们要是以为我们能容忍这样愚蠢的谎言，那就完全错了。你们说说，听人讲两个小女儿一个变成马，一个变成驴，哪个头脑正常的人不会耸肩膀呢？其实，你们是两头牲口，就是这码事。我甚至不能说你们是模范牲口，差得远！”

驴听了瞠目结舌，她看到自己被父母否认，心里悲伤极了。她走过去，用头蹭着马的头，对马说即使父母忘记她，她这个牲口棚的伙伴总还是靠得住的。

“叫他们说去吧，别看我有这四个蹄子、两只大耳朵，反正我是你的姐姐苔尔菲娜！”

“妈妈，”马问，“你呢，也不相信我们是你的女儿吗？”

“你们是两头好牲口，”妈妈有点尴尬地说，“不过我清楚，你们不可能是我的女儿。”

“你们一点也不像她们，”爸爸明确说，“好了，到此为止！咱们走吧，老婆子！”

父母还没走出牲口棚，驴又抢着对他们说：

“既然你们这么肯定我们不是你们的女儿，女儿没了却又不怎么着急，我看你们也太轻率了。真是一对奇怪的父母，一天早晨发现女儿不见了，都没怎么在乎！哪怕看看水井，到沼泽地和树林里找找她们，你们做了吗？你们去吉卜赛人的营地找过吗？”

父母没有搭理她们，但是到了院子里，母亲叹着气说：

“也别说……万一是那两个孩子呢！”

“不可能！”父亲吼起来，“你胡说什么？这种蠢事，应该结束了。我从来没有见过一个孩子，也没见过一个大人变成驴，或者变成别的牲口。刚开头，咱们脑子也太简单，竟全部相信这两头牲口对咱们说的瞎话；但是现在还相信，那就太可笑了！”

这对父母佯装对这件事丝毫没有疑虑了，也许他们的确是这样想的。反正他们哪儿也没去打听有谁看见苔尔菲娜和玛丽奈特，没向任何人提起她们不见了。有人问起小姐妹俩，他们就回答说在冉娜姑妈家。爸爸妈妈到牲口棚时，驴和马常常唱起一首儿歌，那还是爸爸从前教给两个孩子的。

“你听不出来这是你教给我们的儿歌吗？”她们问。

“对，我知道这首歌，”爸爸回答，“但是，哪儿都能学到这首歌。”

驴和马干了几个月重活儿之后，终于忘记了从前的情景。

有时偶然想起来，她们半信半疑，觉得跟童话一样。再说，她们俩的记忆合不上拍了，两个人都说自己从前曾是玛丽奈特，结果有一天为此争吵起来，于是她们决定再也不谈这事了。她们的兴趣日益放在各自的活儿上，放在家畜的生活状况上，觉得挨主人打是自然的事了。

“今天早晨，”马说，“主人用鞭子抽了我的腿，我也是该打，我干活儿从来没有像这样昏头昏脑。”

“我还是老样子，”驴也说，“我因为太固执挨了棍子。我是得改一改了。”

她们不再玩布娃娃了，而且想不通怎么会玩这东西。现在，到没到星期天，她们几乎也没什么兴趣了；相互间没有多少事好谈，因此更觉得休息的日子过得很慢。她们最好的消遣就是争论是驴叫好听，还是马叫好听。争到后来两个就对骂，你说我是蠢驴，我说你是劣马。

主人觉得马和驴挺可心，对她们干的活儿非常满意，说从来没有见过这么温顺的牲口。确实如此，他们靠这两头牲口干活儿开始发家，每人买了一双鞋。

一天大清早，父亲进牲口棚给马添饲料，不禁大吃一惊。在两头牲口位置的垫草上，睡着两个小姑娘，正是苔尔菲娜

和玛丽奈特。可怜的人简直不敢相信自己的眼睛，心想再也见不到他那匹好马了。他去告诉孩子的妈妈，两人来到牲口棚，把酣睡的两个女儿抱回她们床上。

苔尔菲娜和玛丽奈特醒来就赶紧去上学了。她们俩显得呆头呆脑，连手都不会使用了。课堂上，她们俩净说蠢话，答非所问。女教授当众说她从未见过这样笨的孩子，全给不及格。她们俩这天过得非常糟糕。爸爸妈妈见女儿学习得了坏分数，便暴跳如雷，让她们俩只喝凉水吃干面包。

幸亏时过不久，小姐妹俩恢复了原状。她们在课堂上学习认真，每天都带回好分数。在家里，她们的表现也无可挑剔；除非父母不公道，她们才会被无缘无故责备。现在两个女儿回到身边，父母很高兴，也深深地喜爱她们，因为说到底，他们还是好父母。

温顺的绵羊

03

苔尔菲娜与玛丽奈特坐在路旁，脚垂在沟沿下，正抚摩着一只肥胖的绵羊；这只羊是阿尔弗雷德叔叔送给她俩的。绵羊把脑袋一会儿放在这个膝上，一会儿又放在那个膝上，很是惬意。他们三个一齐唱歌谣，开头一句是：“我的花园里有株玫瑰。”

这时，爸爸妈妈在院内家畜家禽中间走来走去，看样子对绵羊很反感。他们拿眼斜看着绵羊，嘴里嘟囔说：“都怪这只羊，两个孩子本来应该做做家务事，补补东西，可总跟这只坏牲口玩耍，白浪费时间。”

“要是有人把这个浑身鬈毛的胖家伙带走，我们还真得感谢他呢！”

差二十分到中午十二点了，农舍的烟囱冒着炊烟。爸爸妈妈嘴里这样唠叨着。这时，在大路的拐弯处出现一个士兵。

他骑着一匹黑色高头大马，前往战场，发现路旁有人看他，就想显示一下骑马的本领，让马做蹿跳动作。黑马不但不服从，反而干脆站住，扭头对士兵说：

“你又要玩什么名堂？我驮着一个坐不稳的醉鬼，顶着太阳赶路，你觉得还不过瘾？还要让我跳蹿？好哇！我可先警告你……”

“等着瞧，该死的劣马！”士兵打断马的话，“看我一会儿收拾你，叫你服服帖帖。”

他说着，就用马刺猛刺马的两肋，又拼命拉缰绳。马跳起来，后蹄掀起老高，势头很猛，士兵从马头上折过去，摔倒在路中间，下巴和手都擦破了皮，一套漂亮的军装也沾满了尘土。

“我事先警告过你，”马说，“你要我跳。好哇！我跳啦，这下子你满意了吧？”

士兵从地上爬起来，心里正憋着火，哪里听得进这种话。这时，他看见人们过来，围了一圈，其中有苔尔菲娜、玛丽奈特及她们的父母，还有绵羊等动物，他立刻觉得脸上热乎乎的，火冒三丈，一下抽出大马刀，要冲上去一刀刺进马的胸膛。幸亏孩子们的父母及时阻拦，说服他放弃报复的念头。

“您把他杀掉，可太不划算了，”孩子们的父母说，“您不能骑着他安安稳稳地上战场，只能走着去，很可能等仗打完了才能走到那里。可话说回来，这头牲口对您确实很坏，此后再难得到你的信赖。这么办吧，您既然要甩掉他，何不捞点好处呢？我们有一头骡子，正合适您。我们愿意帮您的忙，用骡子换您这匹马。”

“好主意。”士兵说着，将马刀插回刀鞘里。

爸爸妈妈把马赶进院里，又赶骡子出来。小姑娘们在一旁反对。为了讨好一个粗暴的过路人，就得逼着骡子这样的老朋友离开家吗？绵羊眼里含着泪，为伙伴的不幸叹息。

“别嚷嚷！”爸爸妈妈吆喝了一声。他们见士兵转过身去，就压低声音补充说：“你们这样多嘴多舌，要把这桩便宜买卖给弄吹吗？你们要是不让绵羊立刻住口，他过不了晌午就要被剃得光光的。”

骡子却没说什么，等爸爸妈妈把缰绳交到士兵手里，他只是向小姑娘挤了挤眼睛。士兵跨上新坐骑，小胡子往上一翘，喊了声：“上路！”可是，骡子一动不动，新主人怎么拼命用马刺刺他，拼命勒紧嚼子，他还是一步不走。咒骂也好，威胁也好，打也好，全没用，骡子就是不走。

“好哇，”士兵说，“我有办法治你。”

士兵说着，从骡子背上跳下来，一下子抽出大马刀，要捅进骡子的胸膛。

“请住手，”孩子们的父母对他说，“不用说，这是头蠢牲口，可是要知道，多少骡子都这样蠢啊！捅一刀顶什么事儿。这样吧，我们有一头驴，他不怕累，饲料也省。您把驴牵去，把骡子还给我们。”

“好主意。”士兵说着，又把刀插回刀鞘里。

让可怜的驴代替骡子。驴也不愿意离开家，不愿意离开这么多朋友，其中有苔尔菲娜、玛丽奈特以及那只绵羊——他最要好的朋友。然而，他不动声色，还像往常一样，非常驯服地朝新主人走去。小姑娘心里特别难受，绵羊在一旁忍不住大哭起来。

“大兵先生，”绵羊哀求说，“您待驴要好点儿。他是我们的朋友。”

爸爸妈妈最后按捺不住，走到绵羊跟前，冲着羊鼻子挥拳头吼道：

“该死的绵羊，这样多嘴多舌，你要是搅了我们这桩好买卖，有你后悔的！”

士兵没搭理绵羊的请求，一下跨上驴背，小胡子一翘，嘴里刚发出“上路”的命令，驴就开始向后倒退，而且左拐一下，右拐一下，每退一步都险些把士兵掀到沟里。士兵赶紧爬下来，心里明白这头牲口存心捣蛋。

“好哇，”士兵咬牙切齿地说，“让我来收拾你。”

他说着，第三次抽出大马刀，要不是孩子们的父母一个

拉住他胳膊，另一个扯住他衣裳，他肯定会把驴肚子捅穿。

“看来，您的运气不好，碰到这种牲口，”孩子们的父母对他说，“仔细想想，这也没什么奇怪的。驴、骡子、马，这全是一家的，或者差不多是一家的，我们本来应当想到这点。您为什么不试试一只绵羊呢？绵羊听话，好处也很多。若您赶路缺少钱花，把他的毛剪下换钱容易极了，羊毛卖了好价钱之后，您还有个好脚力继续赶路。我们正巧有一只长毛羊，瞧，他就在两个小姑娘中间。您要是愿意拿驴换这只羊，我们乐意帮您这个忙。”

“好主意。”士兵说着，又把他的刀插回刀鞘里。

苔尔菲娜和玛丽奈特紧紧搂住绵羊，又哭又叫，可爸爸妈妈很快让她俩住了声，把她俩最好的朋友拉开。绵羊非常伤心地看着原来的主人，但没讲一句责备的话，朝士兵走去。士兵指着刚插进刀鞘的大马刀，威胁绵羊说：

“我首先要求你服从我，尊敬我。你要是把我惹恼了，我先砍掉你的脑袋，绝不轻饶。哼！我要是再这样换下去，最后非骑鸭子或者别的家禽不可。”

“不要担心，”羊回答，“我的性情非常温和，不用说，这是因为我是两个小姑娘亲手喂大的。我尽量服从您。不过，离开我这两个朋友，我心里非常难过。先生，阿尔弗雷德叔叔把我交到她俩手里那时候，我小极了，她俩不得不用奶瓶喂了我一个月的奶。后来，我一直没有同她俩分开过。因此，您应当理解我是多么伤心。两个小姑娘也同样伤心。您要是体谅我们难过的心情，就会容我去同她俩告别，同她俩哭一场。"

"我对绵羊没有丝毫同情！"士兵喊，"什么！一头牲口，刚刚为我干事，就想逃走？我真不知道怎么还没动手一刀砍掉他脑袋！我从来没见过如此胆大妄为的绵羊！"

"好，不说这事了，"绵羊叹气说，"我不想惹您生气。"

士兵跨上新坐骑倒没费劲儿，可他发现双脚还拖在地上，就想了个主意，把他的大马刀横绑在羊的肩上，好托住他的两条长腿，免得双脚贴地面。他这样坐下来，觉得非常满意，独自笑起来，而且笑得很厉害，有好几次要失去平衡。然而，这头可怜的牲口被沉重的骑手压弯了腰。看到这情景，真叫人伤心。两个小姑娘又气愤又痛苦，要是没有爸爸妈妈拉着，她俩肯定不会放绵羊走，会千方百计把士兵掀下去。家里的动物也都非常气愤，可是主人不是瞪他们一眼，就是对他们吆喝一声，他们就不敢插嘴了。只有鸭子还要开口，主人狠狠瞪他一眼，话里有话地说：

“现在，园子里的小萝卜长得很好，做菜码儿正合适。真的，合适极了。”

可怜的鸭子一下子泄了气，赶紧低下头，跑到井后边躲起来。所有的动物中，只有黑马无所畏惧，他走到原来的主人面前，不慌不忙地说：

“您总不能骑这样一头牲口赶路吧！我可告诉您，这准得惹人笑话；再说，这样又小又没劲的坐骑，驮着您走不了多远。算啦，您要是明白事理，就把绵羊还给两个小姑娘，还是骑在我的背上；她俩舍不得让羊走，都伤心地哭了。您相信我好了，您骑着我会更舒服，也更威风。”

士兵一听动心了，看了看黑马宽宽的后背，显然骑在上面比骑在羊背上舒服。孩子的父母见他要反悔，就大着胆向他指出，黑马已经是他们的了。

“我们还根本不想卖掉他。您也明白，咱们再重新交换起来，那就没个头了。”

“说得对，”士兵附和说，“时间耽误了，仗打起来，就没我的份儿了。这样怎么能当上将军呢？”

士兵又翘了翘小胡子，双手搭在马刀上，赶着绵羊小跑，头也不回地走了。眼看他拐弯不见了，家里所有的动物都伤心地连连叹息。主人也挺尴尬，当他们听到女儿的对话，尴尬的神情又转为担心了；只听玛丽奈特对苔尔菲娜说：

“我真盼望阿尔弗雷德叔叔来看我们。”

“我也是，”苔尔菲娜说，“这里发生的事情，应当全告诉他。”

爸爸妈妈几乎有点害怕地看着女儿，过了一会儿，两个人耳语几句，接着又高声说：

“我们没有什么要瞒着阿尔弗雷德的。再说，他知道我们这样精明，用一只绵羊换一匹黑马，他准会称赞我们。”

院子里响起一阵嗡嗡的谴责声，无论大牲口还是小家禽，都参加进来：驴、骡、猪、母鸡、鸭子、猫、耕牛、奶牛、小牛、火鸡、鹅以及所有其他动物，都盯着主人看。主人厉声回答他们：

“你们这帮家伙，瞪眼呆看什么，要一直看到晚上吗？看你们这样子，好像不是在一户勤劳人家的院子里，而是在集市上。好啦，散开吧，都回自己的地方去。黑马，你今后就住在牲口棚里。我们这就领你去。”

“非常感谢，”黑马顶撞他们，“可我根本不想进你们的牲口棚。你们要是炫耀做了一笔便宜买卖，现在该认识到你们大错特错了。告诉你们，我已经下了决心，永远不属于你们，至于那只不幸的绵羊，你们就好像拿他换了一阵风。一阵风吹过去，绵羊没了，只剩下你们的悔恨，悔恨自己不公正，心肠狠毒。”

“黑马，”主人说，“你真让我们心里难过。说老实话，我们并不那么凶狠。有一点可以肯定，我们让你住进我们的牲口棚，就是想到你跑了很长的路，一定累了，让你歇歇。你应该歇歇了……”

主人这样说着，一点一点靠近黑马，好冷不防地给他套上笼头。黑马没有看出主人的花招，差一点上当。而这时，小姐妹俩已经离开，去摆桌子好吃午饭；家里的动物们也都服从命令散开了。幸亏鸭子躲在井台后边看得清楚，就拍打着翅膀喊：

“黑马，当心！当心主人！他们背后藏着笼头和马嚼子！”

黑马一听到这声警告，四蹄立刻跳起来，躲到院子的另一边。

“鸭子，我永远也不会忘记你帮我的大忙，”黑马说，

"没有你，我就失去了自由。告诉我，我可以为你做什么事情吗？"

"谢谢，"鸭子回答，"我现在还没想到什么，等我考虑考虑再说吧。"

"慢慢想吧，鸭子，慢慢想吧，等过些日子我还来。"

黑马说完，就上了大路，一路小跑离开了；主人伤心地望着马扬长而去。

吃午饭的时候，爸爸妈妈阴沉着脸，没有说上三句话。他们心里的不安是可以理解的。他们想，用女儿的绵羊换了一阵风，阿尔弗雷德叔叔知道了非发火不可。看见爸爸妈妈满面愁容，苔尔菲娜和玛丽奈特倒有点幸灾乐祸，可她俩失去了最好的朋友，却是用什么也安慰不了的。她俩离开饭桌，走到牧场上去哭个够。鸭子也去了，向她们打听了情况，忍不住和她们一起哭了。

"你们三个在这儿哭什么？"一个声音从他们身后传来。

原来是黑马来了。他问鸭子，他能不能帮忙做点什么事儿，好减轻鸭子的痛苦。

"噢！"鸭子高声说，"你要是能把绵羊给这两个小姑娘带回来，我就是最幸福的鸭子了。"

"那好呀！"黑马回答，"可是，我还不知道该怎么办。光是追上他们，追上羊和骑他的人，我倒不会费劲儿。他们两个不可能走出多远，追上他们不难，难的是说服我原来的主人抛弃绵羊。"

"我们赶上他们再想办法也不晚，"鸭子说，"先把我带到他们身边吧。"

"这当然很好啰，"黑马说，"可是就算这两个小姑娘收回绵羊，这里的主人能收留他吗？我刚才就看出来，这里的主人巴不得摆脱掉这头可怜的牲口呢。"

"是这样。"玛丽奈特说，"不过，他们开始后悔做出这种事了，这我并不觉得奇怪。"

"不管怎么说，"苔尔菲娜说，"如果阿尔弗雷德叔叔得到这个消息赶来，我们才更放心。"

黑马打听阿尔弗雷德叔叔家远不远，听说走快些两个钟头就够了，就答应等把绵羊找回来之后，他就跑去报信。

"现在，得先追上那个士兵，一分钟也不要耽误。"

两个小姑娘和鸭子跳到马背上，黑马在惊愕不已的主人面前奔驰而过，消失在一片烟尘中。跑了半个钟头，他们来到一个村庄。

“别着急，”马放慢脚步说，“我们既然穿过村庄，就顺便问问这里的人吧。”

他们来到村口几家，苔尔菲娜瞧见一个少女站在窗口，在一盆天竺葵花后边做衣裳，就很有礼貌地问她：

“我要找一只绵羊，小姐，您有没有瞧见一个骑兵……”

“一个骑兵？”少女没等苔尔菲娜说完，就高声说，“当然看见啦！我看见他满面红光，像闪电一样穿过广场，武器叮当直响，威风极了。他骑一匹高头大马，那马浑身鬈毛，像鬈发一样，鼻孔还喷着烟火，熏得我这棵可怜的天竺葵花都蔫了好半天。”

苔尔菲娜道了谢，回头对几个伙伴说：“这不可能是我们要找的人。”

“你这话可不对，”马对她说，“正是他们。不用说，骑兵的形象有点被美化了，可是，少女们就是这样看军人的。我一听就明白，所谓鬈毛的高头大马，就是你们的绵羊。”

“那，鼻孔里喷烟火是怎么回事儿？”玛丽奈特问。

“听我的没错，那没什么，就是士兵在吸烟斗。”

大家很快发觉马说得对。他们往前走不远，看见一个农妇往园子的篱笆上晾衣裳。农妇告诉她们说，她看见一个大兵，骑着一只疲惫不堪的可怜的绵羊过去了。

“我在井边洗衣裳，看见他们拐到蓝马路上去了。那个大傻瓜骑在绵羊背上，还用拳头打他的脑袋，催他快走；你们要是看见绵羊吃力的样子，一定会可怜那不幸的牲口。”

听说绵羊这样受罪，小姐妹俩忍不住要哭起来，鸭子也非常难受。黑马在战场上见多识广，他还保持着冷静的头脑，对农妇说："骑兵走的那条蓝马路，离这儿还挺远吗？"

"在另一边，你们不容易找到，得有人把你们带到那儿。"

农妇的儿子，一个五岁的孩子，从房子墙角拐过来，他手里拉了一根绳，绳一端系着一个带轱辘的好看的木马。他羡慕地看着两个小姑娘，觉得她们真幸运，骑的马比他个儿高多了。

"儒尔，"他母亲对他说，"把他们带到蓝马路去。"

"好，妈妈。"儒尔答应着，拉着他的木马，走到大路上。

"我敢说，你很想骑在我的背上。"黑马对儒尔说。

儒尔脸红了，因为，这正是他所希望的。玛丽奈特把位置让给他，替他牵小木马。苔尔菲娜让领路人坐在前边，两只胳膊紧紧地抱住他，向他讲了绵羊遭受的不幸；黑马也尽量走得平稳些。儒尔听了非常同情绵羊，祝愿他们这次寻找绵羊成功，甚至表示他愿意帮忙，他和他的木马听候他们差遣，既然是搭救一头受苦受难的绵羊，他俩甘愿冒最大的危险。

鸭子骑在木马上，玛丽奈特牵着木马往前走，走到蓝马路，从高坡上往下望见一家旅店，旅店门前拴着一只羊。玛丽奈特一望见羊心里很激动，鸭子也激动起来，可是仔细看看，确信那绝不是他们的朋友。坡下的那只羊个头儿小极了，他们看两眼就知道认错了。

“不对，不是我们的那只。”玛丽奈特叹气说。

她停下脚步等她的伙伴。鸭子趁这工夫爬到木马头上，想站得高点看看旅店门口和四周。鸭子隐约看出羊脖子上有发亮的东西，好像是一把马刀。他突然在木马头上跳起来，扯着嗓子喊：

“是他！是我们的绵羊！告诉你们，那是我们的绵羊！”

鸭子由于用力太大，差点从木马上摔下去。大家跟在鸭子后边，听了都很惊奇，认为他肯定看错了。那只绵羊个儿那么小，只能是别人家的。

鸭子这下可急了：“你们还没明白过来，他的新主人一定把他的毛给剪了，他浑身的鬈毛被剪光，看起来岂不是同羊羔一样大吗？那个大兵一定卖掉羊毛，进旅店喝酒了。”

“真的，这话不假，”黑马说，“今天上午，估计他兜里连一分钱也没了，别人不可能赊酒给他喝。我知道他是个酒鬼，这个早就应该想到，我们在路上碰到头一家旅店就能找到他。不管怎么说，我们得看准是不是我们的羊。”

那只绵羊发现高坡上有一队人马，就巧妙地让两个小姑娘明白，他认出她俩来了。他喊了好几次："我是你们的羊。"同时示意他们要小心。他喊第三遍时，那个大兵出现在旅店门口，显然是出来看看羊喊什么。他用手威胁一下羊，又进去了，幸好他没往坡顶上瞧，否则，他一定会认出黑马，也必然要起疑心，因为马离他不很远。他也确实喝了很多酒，眼睛开始模糊了。

"看来，我们的羊被看管得很紧，"鸭子说，"这样事情就麻烦了。"

"你原先打算怎么办呢？"黑马问。

"我原先打算怎么办？就是不让人瞧见，解开拴羊的绳子，把他领回家呗。我现在还是这个打算。"

"我担心这件事不简单，"马说，"就算你能成功，你以为羊就得救啦？那个大兵从旅店出来，发现他的坐骑不见了，就会想到羊逃回原来的主人家了。他马上到那里去讨，你们只好还给他。这样一来，羊很可能挨一顿棒子，大兵不一刀砍掉他的脑袋就算万幸了。不行，鸭子，得想别的办法。"

"想别的办法，说得挺轻巧，想什么办法呀？"

"那得由你考虑了。在这方面，我一点也帮不上忙，在这儿只能碍事儿。按照我们商量好的，我这就跑去告诉阿尔弗雷德叔叔，然后我再回来找你们。但愿羊回到你们中间！”

苔尔菲娜和儒尔从马上下来，黑马飞奔而去。剩下的人在一起商量。两个小姑娘还心存希望，想打动那个大兵的心。儒尔却认为吓唬他更保险。

“真可惜，我没带着喇叭，”儒尔说，“我要是用喇叭对他鼻子一吹‘嘟嘟’，再对他喊‘把羊还回来！’也就行啦！”

鸭子却不顾黑马的劝告，坚持主张把羊解开牵走，他正在劝说他朋友，这工夫，大兵从旅店跌跌撞撞地出来了。大兵开头迟疑了一会儿，摸了摸军帽还戴在头上，便朝绵羊走去，显然要重新骑上赶路。鸭子立刻放弃了他的打算。在这紧要关头，他灵机一动，想了个好主意，骑上木马，对他的同伴说：

“我们真有运气，他正背对着我们。抓住时机，你们使劲推我下坡，我借着这个力，再冲到坡上几米远，一直到旅店没问题。”

玛丽奈特拉着木马绳撒腿跑起来，苔尔菲娜与儒尔在后边推。快到坡中间时，他们就放开木马，躲到篱笆后边远远望着！

鸭子骑在木马上，一边往坡下冲，一边拼命叫：“嘎！

嘎！”大兵站在旅店院子中间，听见喊声，回过身来，看见一匹马飞驰过来。到了坡下，鸭子好像在用劲勒住马。

“喂！”鸭子喊，“该死的畜生，你停不停下？喂，你疯啦？”

木马好像服从了号令似的，在上坡到旅店这段路上，速度慢下来，最后停在沟边上。它的轱辘正巧陷进草丛里，也就不能顺坡退下来了。大兵眼睛都看直了。鸭子立刻跳下木马，对大兵说：

“军人，向您问好。这个旅店还好吗？”

“这不好说。不过，这里的酒不错。”大兵回答。他站都站不稳，确实喝多了。

“我是远路来的，要歇息歇息，”鸭子又说，“我可不像这头牲口；他真是不知道累，可以说世上独一无二，跑起来像阵风，不求他不停下来。对他来说，跑一百公里几乎不当回事儿，用不着两个钟头就跑到了。”

大兵简直不敢相信自己的耳朵，羡慕地看着这匹烈马，可是说老实话，他觉得这马挺安稳的。不过，他酒劲上来了，眼睛有点花，不敢相信自己，还是信鸭子的话。

“您真有福气，”大兵叹口气说，“哦！对，有福气，就是有福气。”

“您这样看吗？”鸭子说，“那，您就瞧瞧吧，我对我的马可不满意。您听了我这话奇怪吧，对不对？其实，我是要旅游观光，这匹马跑得太快，我根本不能从从容容地观赏风景。我需要的，是一匹慢悠悠走路的坐骑。”

大兵感到喝的酒越来越往脑门上冲，看这木马真像烦躁不安似的。

“恕我冒昧，”大兵狡猾地说，“我很想提议同您交换。我急着赶路，可我的这只绵羊，恰恰慢得叫我发火。”

鸭子走到绵羊跟前，怀疑地打量着，还用嘴触触羊腿。

“他可够小的。”鸭子说。

“我刚给他剪掉毛就显得小了，其实，这只羊个头儿挺大，足可以驮您。这方面您放心。就连我，他都驮得动，跑起来很带劲儿！”

“跑起来！跑起来！”鸭子说，“哦！是这样，军人，看这只绵羊的样子很凶，跑起来准像发疯一样。要是这样，我可得考虑考虑值不值得换。”

“我没说清楚，”大兵尴尬地说，“我把真实情况全部告诉您吧，再没有比我这只羊更温顺、更懒惰、更没能耐的

AUBERGE
DE

了，他甚至比乌龟、比蜗牛走得还慢。”

“这太好了，”鸭子说，“我都不敢相信。不过，军人，看您的眼神很诚恳，我信得过，决定跟您换。”

大兵怕鸭子反悔，赶紧跑过去解开羊的绳子，把鸭子放在羊背上。鸭子也不提在旅店歇息了，忙着赶他的新坐骑走。

“喂！别这么快呀！”大兵喊道，“您没瞧见，把我的马刀带走啦！”

大兵把横绑在羊背上的马刀解下来，挎在腰边，又转身对木马说：

“现在，咱们也准备上路。”

“我看，您还是先给他饮点水，”鸭子建议说，“瞧他渴得直伸舌头。”

“真的，我没有注意。”

趁大兵到井边打水这工夫，鸭子和绵羊穿过马路，跑去同两个小姑娘和儒尔会合。他们正躲在一块黑麦田里，从那儿可以望见旅店的院子。苔尔菲娜和玛丽奈特一见到绵羊便紧紧抱住他，差点儿把绵羊憋死。大家都激动得流下眼泪。要不是旅店院子里发生的事情转移了大家的注意力，这种激动的场面还会持续更长时间。

大兵给木马拎了一桶水，见木马不肯喝，就生气地叫喊：

“喝不喝，该死的马？我数到三：一……二……三……不喝就算了。好啦，要喝等以后吧。”

大兵一脚将桶踢翻，骑上木马，见木马不挪步子，就不耐烦了。他开始骂起来，骂了一会儿，见木马还是一动不动，就跨下来，嘴里嘟囔着：

“好哇。看我怎么治你。”

他说着，抽出马刀，一刀把可怜的木马头砍掉了，马头滚落在尘埃里。接着，他把刀插入刀鞘里，步行去参战。现在，他也许成了将军，不过，这事谁也说不清楚。

在返回的路上，苔尔菲娜胳膊下夹着木马头，玛丽奈特拉着掉了脑袋的木马身子。儒尔看见他的木马被砍头，心里非常难过；可是，他见两个小姑娘和绵羊这样快乐，就觉得有了安慰，可他最伤心的是，要同他的新朋友分手，他们要回家去了。他母亲答应他把木马头粘上，可这也没用，他见新朋友们走到村口不见了，不禁抽抽搭搭地要哭出声来。

苔尔菲娜和玛丽奈特心里也直打鼓，不知道爸爸妈妈怎么对待她们。这时候，爸爸妈妈正不住嘴地谈论着女儿：

“不给她们吃点心，让她们啃干面包；揪她们的耳朵；

看她们还敢这样干。哼！骑着她们不认识的马，在我们的眼皮底下就溜掉啦！”

他们一会儿出来一趟，到门口朝女儿走的方向张望。突然，从反方向传来马蹄声，他们颤抖着高声说：

“阿尔弗雷德叔叔来啦！”

真的是阿尔弗雷德叔叔来了，他骑着黑马，老远就能看得出，他气势汹汹的。孩子们的父母吓得脸色刷白，合拢手掌喃喃地说：

“这下糟了，他什么都要问个明白，什么都会知道了。这样好的一只绵羊给抛弃了，多可惜呀！唉！亲爱的绵羊！”

“我回来啦！”一只绵羊的声音。果然是家里的绵羊，从房屋的山墙边拐出来，后边跟着鸭子和两个小姑娘。

爸爸妈妈高兴得眉开眼笑，手舞足蹈。他们不但没有骂两个女儿，反而主动提出要给她俩买漂亮的拖鞋，买新裙子。阿尔弗雷德叔叔骑在马上，疑惑不解地看着孩子的父母亲手给绵羊每只角上系一条粉色绸带。吃晚饭的时候，还准许鸭子上桌吃。鸭子坐在两个小姑娘中间，跟人一样规规矩矩地吃饭。

野性难驯的鹿

04

苔尔菲娜抚摩着家里的猫，玛丽奈特正给膝上的一只小黄鸡唱歌。

“咦，有只鹿。”小黄鸡望着大路说。

玛丽奈特抬起头，望见一只鹿穿过草地，朝自己家跑来。这只鹿个儿很大，头上双角的枝杈很多。他一纵身跳过路边的水沟，跑进院子，在两个小姑娘面前停下。鹿的两肋急遽起伏，四条细腿在瑟瑟发抖，气喘吁吁，一时说不出话来，一双温柔而湿润的眼睛看着苔尔菲娜与玛丽奈特。最后，鹿跪下来，向她俩哀求说：

“把我藏起来吧。一群狗在追我，要把我吃掉。保护我吧！”

姐妹俩搂住鹿的脖子，脸颊贴在鹿的脑袋上。猫在一旁着急了，用尾巴抽小姑娘的腿，责怪她俩说：

“这可是搂搂抱抱的时候？！等狗扑到鹿身上，那他就成了人家的美餐啦！狗在树林那边，我已听到声音了。好啦，还是给鹿打开门，领他进你们房间去吧。”

猫一边说着，一边还使劲摆动尾巴，抽打姐妹俩的腿。小姑娘明白，她们白白浪费了时间。苔尔菲娜跑去打开房门，玛丽奈特把鹿领进她和姐姐的卧室。

“好，你就在这儿歇着，什么也不要怕，”玛丽奈特对鹿说，“要我在地上给你铺上被子吗？”

“哎！不用，”鹿说，“这用不着，你太好了。”

“你一定渴了！我给你倒盆水。水很清凉，是刚从井里打上来的。哦，猫在叫我。我走了，一会儿见。”

“谢谢，我永远也不会忘记你们。”鹿说。

玛丽奈特回到院子，把房门关好。猫对小姐妹俩说：

“千万要装作没事儿的样子。你们坐下，还像刚才那样，一个跟小黄鸡玩，一个抚摩我。”

玛丽奈特又把小黄鸡放在膝上，可是，小黄鸡不老实，一边跳，一边叽叽喳喳：

“这是怎么回事儿？我呀，一点不明白。我要搞清楚，干吗让一头牛进屋去呀？”

“哦，不是牛，是一只鹿！……咦，咦，一只鹿……”小黄鸡说个不停。

玛丽奈特一边摇晃他，一边唱《在南特桥上》，小黄鸡一下子就在她罩裙上睡着了。猫享受苔尔菲娜的抚摩，也弓起身，躺在那里打呼噜。小姐妹俩望见一条猎犬，顺着鹿跑过的路跑来。他耷拉着两只长耳朵，不停地跑着，一直跑到小姐妹俩面前，突然问：

“鹿到过这儿，又去哪儿啦？”

“鹿？”小姐妹俩说，“什么鹿呀？”

狗看看这个，又看看那个，见她俩脸红了；又闻了闻地面，毫不迟疑地径直朝房门走去，经过玛丽奈特身边时，撞了她一下，也没有在意。一直睡觉的小黄鸡在罩裙里晃悠着起来，睁开一只眼睛，扇了扇翅膀，不明白出了什么事，接着又睡着了。这时，狗在门口闻来闻去，回头对两个小姑娘说：

“我闻到这里有鹿的气味。”

小姐妹俩装作没听见，狗喊起来：

“我说我闻到这里有鹿的气味！”

猫装作突然被吵醒的样子，站了起来，惊奇地看着狗，说道：

“你到这里来干什么？跑到人家门口来闻，好不懂道理！请给我走开。”

小姐妹俩站起身，走到狗的身边垂下了脑袋。玛丽奈特用双手捧着小黄鸡；小黄鸡被这样一摇晃，完全醒了。他把脖子东伸伸，西伸伸，想从两只手掌中往外看，不明白自己在什么地方。狗瞪着小姐妹俩，指了指猫说：

“你们听见了，他是怎样跟我说话的？我本该咬死他，不过，看在你们的面上，这事儿就算了。反过来，你们要跟我讲实话。好啦，承认了吧，刚才，你们看见一只鹿来到院子，觉得他可怜，就把他放进屋去了。”

“我向你保证，”玛丽奈特有点犹豫地说，“屋里没有鹿。”

她的话音刚落，小黄鸡跷起脚，趴在她手掌上，就像趴在阳台上一样，叽叽喳喳高声说：

“有呀！有呀！哼！小姑娘想不起来了，我可记得清清楚楚！她把一只鹿放进屋了，对，对，一只鹿！一只大动物，头上有好多角！哈！哈！亏得我的记性好！”

小黄鸡说完，仰起头，炫耀他的绒毛。猫真想把他一口吃掉。

“我心里早就有数了，”狗对两个小姑娘说，“我的嗅觉从来错不了。我刚才说鹿在屋里，那就跟我看到一样。好啦，老实点儿吧，把鹿放出来。要知道，这个动物不是你们的。

我的主人要是知道这件事，肯定要来找你们爸爸妈妈。你们不要执拗啦。”

小姐妹俩没有动，鼻子抽抽搭搭，眼泪流出来，放声哭了。狗看这样子心里很烦，垂下脑袋沉思起来。最后，他用鼻子触了触苔尔菲娜的腿肚子，叹口气说：

“真怪，我一看见小姑娘哭就不忍心。你们听着，我并不想跟你们过不去。其实，鹿从来没惹过我。不过，从另一方面看，猎物总归是猎物。这次嘛……好，我就当什么也没看见。”

苔尔菲娜与玛丽奈特立即眉开眼笑，正要向狗表示感谢，狗却躲开，支起耳朵，听到仿佛从树林边传来狗的叫声，便摇摇头说：

“你们不要高兴！我很担心你们的眼泪白淌，等一会儿还得流眼泪。我听见我那些伙伴们的叫声。他们肯定会找到鹿的踪迹，很快就会到这儿来。任凭你们怎么对他们讲，也别指望打动他们的心。他们只懂得为主人效劳。你们不把鹿放出来，他们就不会离开这座房子。”

“当然应该把鹿放出来啦！”小黄鸡趴在“阳台”上高声说。

“住嘴！”玛丽奈特吆喝他一句，自己又开始流眼泪。

这边，小姐妹俩在流眼泪；那边，猫摇摆着尾巴，在用心想办法，大家焦急不安地看着他。

“好啦，不要哭了，”猫用命令的语气说，“我们要迎接狗群。苔尔菲娜，你到井边打一桶清凉的水，放在院子门口。玛丽奈特，你同狗到花园里去，我等一会儿找你们去。

先把小黄鸡丢开，来，用筐把他扣在这儿。”

玛丽奈特把小黄鸡放到地上，用筐把他反扣在里边。小黄鸡没来得及抗议，就被罩起来了。苔尔菲娜提了一桶水，放到大门口，这时听见了狗叫声，望见了狗群的影子，很快就看清有八条狗，个头一样，颜色一样，都垂着一对大耳朵。伙伴们还都在花园里，苔尔菲娜一个人迎接这群狗，心里直打鼓。这时，猫刚好从花园里回来；玛丽奈特跟在后边，手里捧着一大束花，有玫瑰花、茉莉花、丁香花、蝴蝶花。狗群来到时，猫迎上去，热情地对他们说：

“你们是在追鹿吧？他从这儿过去有一刻钟了。”

“你是说他离开这里了吗？一条狗半信半疑地问。

“对，他进了院子，马上又出去了。已经有一条狗在跟踪他，那条狗跟你们一模一样，名叫巴托。”

“哦！对……巴托……是他。”

“我来告诉你们鹿跑的方向。”

“用不着，”一条狗嘟哝说，“我们会找到他的踪迹。”

玛丽奈特迎着狗群走上前，问他们：

“你们当中谁叫拉瓦热？巴托让我捎话给他。巴托对我说得很清楚——‘你能很容易就认出拉瓦热来，他是最漂亮的……’”

拉瓦热弓了弓背，尾巴轻轻摆起来。

“真的，”玛丽奈特接着说，“我非常犹豫，不敢认你。你的伙伴全这样漂亮！说实在话，我们从来没见过这样漂亮的狗……”

“他们真漂亮，”苔尔菲娜也在一旁帮腔，“怎么看也看不厌。”

狗群发出一阵满意的嗡嗡声，所有的尾巴都开始摇动了。

“巴托让我给你喝点水。今天早上，你好像有点发烧，我想你跑了这么远的路，也该解解渴了。给你，这桶水刚从井里打出来……你的同伴要是愿意喝的话……”

“我们都愿意。”狗纷纷说。

狗呼啦一下围上水桶，还真乱了一阵。这工夫，小姐妹俩还恭维他们漂亮、神气。

“你们这样漂亮，我真想把我的花送给你们，”玛丽奈特说，“你们最配戴花了。”

两个小姑娘分开花束，趁狗喝水的工夫，急忙给狗脖套插上鲜花。一时间，每条狗脖子上都插满了花：玫瑰花配蝴蝶花，丁香花配茉莉花。狗们相互欣赏，非常高兴。

“拉瓦热，再来一枝茉莉花……你戴茉莉花特别合适！哦，你们大概还渴吧？渴，就说话。”

“不渴了，谢谢，你真好，我们还得追鹿呢。”

狗虽然这样说，可都不急着走，而是不安地转来转去，不知道朝哪个方向追。拉瓦热在地上到处闻也白费劲，他鼻子里充满了蝴蝶花、茉莉花、玫瑰花、丁香花的香味，花香盖过了鹿的气味。他的同伴也被花的香味迷惑，怎么也闻不到鹿的踪迹。拉瓦热最后对猫说：

“告诉我们鹿朝哪个方向跑了，可以吗？”

“好吧，”猫说，“他朝这边跑了，从树林突出来的那个地方又钻进了树林。”

拉瓦热告别两个小姑娘，同戴着鲜花的狗群一起跑进树林，巴托走出藏身的花园，要求把鹿叫来。

“我既然参与你们的密谋，出了不少力，”狗说，“我还要劝告他几句。”

玛丽奈特把鹿从屋里放出来。鹿听说他摆脱了危险，不禁浑身发抖。

“你今天算得救了，”狗等鹿谢过大家之后，对他说，“我可不是吓唬你，你千万要当心狗、猎人、猎枪。今天，你逃脱了我主人的手，我主人是不会饶过你的！说不定哪一天，他又要放出狗群追捕你。就是我，也得追捕你，这我当然很难过了。你要是明智的话，就别往树林里跑了。”

“离开树林！”鹿高声说，“那我太无聊啦。再说，上哪儿去呢？我不能待在旷野里，过路的人全看得见。”

“待在旷野里怎么不行呢？你考虑考虑吧。不管怎么说，现在，你在这里就比在树林里安全。你要是信我的话，就在这儿一直待到天黑。我望见河边那儿有一片树丛，你躲在里边挺好。现在，告别了，但愿我在树林里永远碰不见你。别了，小姑娘；别了，猫；好好照看我们的朋友。”

狗走后不久，鹿也道别，要去河边的树丛里。他好几次回身，向挥动手绢的小姑娘们点头。玛丽奈特见鹿藏好了，这才想起罩在筐里的小黄鸡。小黄鸡以为天黑了，已经在里边睡着了。

爸爸、妈妈一早去赶集，想买一头耕牛，回来时气色很不好。市场上牛贵得要命，他们没有买到。

“真倒霉，”他们气哼哼地说，“耽误一天工夫，什么也没买来。我们用什么干活儿呀？”

“牛棚里还有一头牛嘛！”小姐妹俩提醒说。

“多好的牲口呀！就好像一头牛够用似的！你们老实待着，别插嘴。我们一天不在家，好像发生了什么怪事。这只桶为什么放在大门口？”

“我刚才给小牛犊饮水，忘记把桶放回去了。”

“哼！还有，地上扔的这朵玫瑰花，这枝蝴蝶花，又是怎么回事儿？”

“蝴蝶花？”小姐妹俩说，“哦，真的……”

但是，在爸爸妈妈的逼视下，她们的脸不禁红了。爸爸妈妈起了疑心，立刻跑到花园去。

“花全摘掉啦！花园里给搞空啦！玫瑰花！茉莉花！蝴蝶花！丁香花！小冤家呀，你们怎么把花全给摘光啦？”

“我不知道哇，”苔尔菲娜结结巴巴地说，“我们什么也没看见。”

“哦！你们什么也没看见？哦！真的？”

猫见主人要揪他们女儿的耳朵，便跳到一棵苹果树的低枝上，冲着他们的鼻子说：

“你们别忙着发火。小姐妹俩什么也没看见，这一点也不奇怪。中午，她俩睡觉的时候，我在窗台上晒太阳，看见一个流浪汉，他在路上直往花园里瞧。后来我睡着了，没有注意他。过一会儿我睁开眼睛，发现那人顺着大路走远了，怀里有一大抱东西。”

“懒鬼，你怎么不追他呢？”

“我一只可怜猫，追他顶什么事儿呢？防流浪汉，可不是我的事，我太小了。家里倒应该添一条狗。嘿！要是有一条狗多好！”

“说得倒轻巧，”主人嘟囔着说，“养条狗能干什么事。”

“随你们便吧，”猫说，“今天人家偷了花园的花，明天会偷鸡，说不定哪天就会偷小牛犊呢。”

主人没有搭理，可是，猫最后这两句话倒叫他们深思。他们觉得，养条狗这个主意还是可取的，这晚上夫妇俩商量了好几次。

吃晚饭的时候，两个人同女儿坐下来，还在抱怨没能以正常价格买头牛。猫穿过牧场，一直朝河边走去。这时天快黑了，蟋蟀叫起来。猫在两堆树丛中间找到鹿，鹿正在吃树叶和青草。他们谈了很久，鹿听了猫给出的主意，犹豫再三，最后还是同意了。

第二天一早，鹿进了这家农户院子，对主人说：

“你们好，我是一头鹿，想找点活儿干。你们这里有我能干的活儿吗？”

“先得说说你会干什么？”主人回答。

“我能奔跑，慢跑，慢走。别看我的腿细，我很有劲，能驮重东西，能拉车，单独拉或者跟别的牲口套在一起都可以。你们要是急着上哪儿去，可以骑到我的背上，我驮着你们跑得比马还快。”

“还不错，”主人说，“可是，你有什么要求呢？”

“管我住，管我吃，星期天当然要休息。”

主人把手臂往空中一举，不愿意听星期天休息的话。

“行不行就这条件，”鹿说，“还要指出一点，我食量小，饲料花不了你们多少钱。”

主人听了这话，才打定了主意；双方商定，先试用一个月。这时候，苔尔菲娜与玛丽奈特从屋里出来，看见她们的朋友鹿，还装作吃惊的样子。

“我们给牛找了个伴儿，”爸爸妈妈说，“要好好对待他。”

“你们这两个小女儿真好看，我肯定能同她们谈得来。”

主人立刻就要去耕地，从牛棚里把牛牵出来。牛一见鹿头上的角，非常惊讶，总想发笑，开始还偷偷地笑，接着哈哈大笑起来，笑得一屁股坐到地上。这是头性格开朗的牛。

“哈哈，他头上顶棵小树，样子多怪呀！哎，让我笑！看他那腿，看他那小尾巴！哎，让我笑个够。”

“行啦，行啦，起来吧，”主人说，“该干活儿了。”

牛站起来，可他一听要把他同鹿套在一把犁上，笑得更厉害了。笑完，他请新来的伙伴原谅。

“你一定觉得我很愚蠢，”牛对鹿说，“可是，说老实话，你的角真有意思，我恐怕不容易看惯。不过，我觉得你挺和善的。”

“你觉得我好玩就笑吧，我不生气。要是我也对你说，看你的角滑稽呢？没关系，我想很快就会看惯的。”

他俩一起耕了半天地，就再也没心思想对方角的样子怪了。鹿刚开始干活儿，相当吃力，虽然牛尽量让他少用力。最难办的是鹿的速度，同他的伙伴不一致。他走得太急，干活儿也没节奏，总是猛一使劲地拉，一会儿就累得气喘吁吁，脚下绊着土块就要摔跤，拉套的速度也就慢下来。这样一来，犁常常拉偏。第一条垄沟就犁得曲里拐弯，主人差点不想耕了。后来，多亏牛好心地给鹿出主意，地才犁得好多了。不久，鹿便成了一头能干活儿的好牲口。

鹿尽管活儿干得不错，可他对干活儿从来没什么兴趣。要是没有牛这个好伙伴，他很可能坚持不下来；他同牛结下了很深的友谊。他总盼着一天的劳动快结束，好摆脱主人的约束。他一回到家，就在院子里或草地上奔跑，好活动活动身子。他喜欢跟两个小姑娘玩。小姐妹俩在后边追他，他故意让她俩追上。主人没拿好眼瞧过他们玩耍。

“这像什么样子！”主人说，“干了一天活儿，该好好歇歇，第二天好干活儿，却还在乱跑乱跳，累得够呛。两个小丫头也一样，她们闹了一天也够累的了，还跟在鹿后边瞎跑什么！”

“你们有什么可抱怨的呢？”鹿反驳说，“我的活儿干得像样，你们就该满足了。我是教两个小姑娘跑跳。从我来

这儿后，她俩跑得更快了。这不算什么吗？在生活当中，有什么比跑得快更有用呢？”

主人听了这些道理并不信服，还一边嘟囔，一边耸肩。鹿不喜欢这两个主人，要不是怕小姑娘难过，他有好几次都想表达出他的真实感情。他在这家中交的动物朋友也都劝他忍耐点儿。鹿跟一只蓝绿色毛的鸭子特别谈得来，有时让鸭子趴在他的角上，让鸭子站得高一些看世界。他也很喜欢猪，看见猪就想起他朋友中的一只野猪。

夜晚，鹿在牛棚里，同牛一谈就是很长时间，相互叙述各自的生活。牛的生活很单调，没什么可讲的，多半听他朋友介绍。鹿讲到树林，讲到林间空地，讲到水塘，讲到夜间追逐月亮，洗露水澡，还讲到树林里的居民。

“没有主人，没有职责，也不用考虑时间，”鹿说，“愿意往哪儿跑就往哪儿跑，同兔子玩耍，同布谷鸟或者过路的野猪聊天……”

“这些我说不清，”牛回答说，“可是，牛棚也不错呀。树林嘛，我看季节好的时候，到那儿度度假还可以。可是到冬天，或者下大雨的时候，在树林里就不大妙了，不像我在这里，雨浇不着，蹄子湿不着，睡在干草上，槽子里也总有饲草吃。不能说这些都不值一提。”

牛嘴上是这么说，心里还挺羡慕树林中的生活，觉得自己永远也不会过上那种生活。白天，他在耕地的时候，常常像鹿一样叹气。到了夜间，他甚至梦见他在林间空地和兔子玩，或者爬树追一只松鼠。

每逢星期天，鹿一大早就离开牛棚，到树林里待一整天。他晚上回来的时候，眼睛闪闪发光，长时间讲述他这一天的经历，遇见过谁，见到了哪些老朋友，怎么奔跑，怎么游戏。可是，到了第二天，他又不提这些了，一开口只是抱怨农庄的生活多么令人厌烦。他多次告诉过主人，要带牛去树林看看，主人不答应，险些发火。

“把牛带去！带他逛树林去！还是让他安稳点吧。”

可怜的牛非常羡慕地看着鹿走了，他愁眉苦脸，整个星期天都在向往树林与水塘。他怨主人管得太紧，还把他当头小牛，其实他都五岁了。苔尔菲娜与玛丽奈特，也从来没有得到允许跟鹿出去，但是，有一个星期天下午，她俩借口去采铃兰，到树林里的碰头地点找到鹿。鹿让小姐妹俩骑在他背上，驮着她俩在树林里逛。苔尔菲娜紧紧抓住鹿角，玛丽奈特抓住她姐姐的腰带。鹿告诉她俩各种树的名字，指给她俩看鸟窝、兔穴和狐狸洞。有时，一只喜鹊或者一只布谷鸟落在鹿角上，向鹿讲述一周的新闻。到了水塘边，鹿停了一会儿，同一条五十多岁的老鲤鱼聊起来，鲤鱼的鼻子露出水面。鹿向她介绍小姐妹俩，她亲切地回答：

“哦！你用不着告诉我她们是谁。她们的妈妈小时候，我认识，那是二十五年前或者三十年前的事了。我看见她们，就想起她从前的模样。反正一样，看见她们就等于看见她了。听说她俩叫苔尔菲娜与玛丽奈特，我很高兴。看样子，她俩很有礼貌，也很懂事。小姑娘，以后要再来看我。”

“嗯！好，太太。”小姐妹俩答应说。

鹿驮着小姐妹俩离开水塘，来到一块林间空地，要她俩下来。鹿发现在盖满苔藓的土坡下，有一个比拳头大不了多少的洞，就把嘴凑到洞口，轻轻地叫了三声，叫完后退了几步。小姐妹俩瞧见一只兔子的脑袋伸到洞口。

“别怕，”鹿说，“这两个小姑娘，是我的朋友。”

兔子放下心，从洞里出来，另外两只兔子也紧跟着跳出来。他们看着苔尔菲娜和玛丽奈特，还有点胆怯，过了一会儿才肯让她俩抚摩，后来干脆同她俩玩起来，还提了不少问题。他们想了解小姑娘住的洞在哪儿，喜欢吃什么草，衣裳是生下来就有的，还是后来长出来的。小姐妹俩常常回答不上来。苔尔菲娜把罩裙脱下来让他们看不是长在她的皮肤上的。玛丽奈特也脱掉一只鞋。兔子们以为她俩一定非常疼，闭起眼睛不敢看。等他们终于明白什么是衣裳，其中一只就说：

“这当然有趣了，可我看没什么好处。你们的衣裳容易丢，也会忘了穿。为什么不像我们这样，都长毛呢？这多方便呀。”

小姐妹俩正向兔子们解释，三只兔子突然一齐跑向洞口，一边跑一边喊着：

“一条狗！快逃！来了条狗！”

“你们别怕，”狗说，“我是巴托。我从这旁边经过，听见两个小姑娘的笑声，就过来向你们问好。”

鹿和小姑娘迎上去，可是，兔子说什么也不肯离开洞口。狗问鹿自从那天相遇之后，是怎么过日子的，听说他给那家农户干活儿，非常为他高兴。

“你这样做是最聪明的办法了，你要是有心眼，一直留在那里，我才放心。”

“一直留在那里？”鹿不同意，“这不可能，干活儿特

别腻人，头上顶着大太阳，热极了，我们树林多凉爽，多舒服呀。”

“树林可从来不像旷野那么安全，”狗又说，“这里几乎每天有人来打猎。”

“你想吓唬我吗？我完全清楚，并没有什么可怕。”

“我想吓唬你，对，可怜的鹿。昨天，我们还捕杀了一只野猪。你可能认识他吧，就是那只老野猪，有一根长牙折断了的。”

“那是我最好的朋友。”鹿哀叹着，流下眼泪。

小姐妹俩带着责备的目光看着狗，玛丽奈特问：

“你说，不是你把他捕杀的吧？”

“不是。不过，我同追他的那些狗在一起。不这样不行。唉！这是什么职业呀！自从我认识你们之后，我干这个说不出有多难过。我要是能离开森林，到一家农户干活儿……”

“我们爸爸妈妈正需要一条狗呢，”苔尔菲娜说，“到我们那儿吧。”

“不行啊，”巴托叹气说，“干上什么行业，就得干下去，这是最主要的。再说，我一直同那些伙伴一起生活，舍不得离开了。不过，我们的鹿朋友要是愿意向我保证留在农家，我离开你们时心情会好些。”

狗在两个小姑娘的帮助下，极力劝鹿永远放弃树林的生活。鹿犹豫半天没回答。鹿看着三只兔子在他们洞周围乱蹦乱跳，其中一只停下来，叫他一起玩。于是，他向两个小姑娘摇了摇头，表示不能做出任何保证。

第二天，在院子里，鹿同牛被套上车，可鹿还在想念树林中的动物，没有听到主人的吆喝声，仍停在原地。牛向前动了一下，感到伙伴拖住他，就不动了，站在那儿等起来。

“嘿，快走！”主人说，“又是这头坏牲口！”

由于鹿走神，一直站着不动，主人就打他一棒子。他猛一跳，发了火，喊起来。

“马上给我卸套！我不给你们干了。”

“走！有话以后讲！”

由于他仍然不肯拉车，主人又给了他两棒子，他还是不动，又挨了三棒子。他终于拉车向前走去，主人胜利了。到了地边，主人把土豆种从车上卸下来，给两头牲口松了套，让他们在路边吃草。棒子好像挺管用，鹿显得驯服多了。可是，主人刚开始种土豆，鹿就对牛说：

“这回我可走了，永远不回来了。你别拦我，拦也没用。”

“好，”牛说，“那我也走。树林的生活，你对我谈了那么多，我真想见识见识，溜吧。”

他俩趁主人背着身干活儿，就溜到一排开花的苹果树后，从那儿走到低洼的路上，顺着路一直走进树林。牛非常高兴，一路又跳又唱，唱着小姐妹俩教给他的一支歌。他觉得，新生活同他在牛棚里想象的一样美好。可一进入树林，他就开始失望了。他的肩宽，走路很费劲，两根长角横长着，随时都会绊在树上。他担心碰到危险，不能在树林里奔跑。这时，鹿走进一块沼泽地，因为走路非常轻，几乎没留下足迹。牛走了三步就陷了进去，泥没到膝盖，费了好大劲才拔出来。牛对他的伙伴说：

“没办法，树林对我不适合。你我最好不要固执，还是回到旷野里去。”

鹿没有拦他，送他到树林边上，远远望见院子里，两个小姑娘就像两个金黄的点。

“主人要是没打我，我也许永远横不下心来离开她俩，”鹿指着两个小姑娘说，“离不开她俩，也离不开你和那里所有的动物，我一定会想你们……”

他俩谈了很长时间才分手，牛回到土豆地。

主人听说鹿逃走了，后悔用棒子打了他。他们还得买头牛，要花很多钱。

小姐妹俩怎么也不相信，她们的朋友鹿一走就永不再回。

“他会回来的，”小姐妹俩嘀咕着，“他不能永远离开我们。”

可是，几个星期过去了，鹿没有回来。小姐妹俩望着树林，叹气说：

“他把我们忘了。他同兔子、松鼠玩，把我们忘了。”

一天早上，两个小姑娘正坐在门口剥豆子，猎犬巴托走进院子，垂着脑袋，走到小姑娘面前说：

“我要告诉你们一个坏消息。”

“鹿出事儿啦？”小姐妹俩不禁喊起来。

“对，是鹿出事了。我的主人昨天下午把他杀了。虽然我尽了一切可能，想把狗群引开。拉瓦热已经怀疑我了。等我来到鹿的身边，他还有点气，认出我来。他用牙齿摘了一小朵野菊花，交给我，对我说：‘给小姑娘们。’花在我脖套上呢。拿去吧。”

小姐妹俩伏在罩裙上哭起来，蓝绿毛鸭子也哭了。过了一会儿，狗又说：

“现在，我再也不愿打猎了，到此为止。我想问你们，你们爸爸妈妈不是一直想要条狗吗？”

“对，”玛丽奈特说，“他们刚才还提起呢。啊！我真高兴！你要和我们待在一起啦！”

两个小姑娘和鸭子冲着狗笑，狗亲热地摇着尾巴。

天鹅之歌

05

爸爸妈妈一大早就要进城，临走对两个女儿说：

“到晚上我们才能回来，你们在院子里玩，草地上玩，果园里玩，都成，千万别走远了。要是过马路，小心我们回来……”

说最后几个字的时候，爸爸妈妈狠狠瞪着小姐妹俩。

“放心吧，我们不会过马路的。”苔尔菲娜和玛丽奈特回答说。

爸爸妈妈最后又严厉又怀疑地瞪了她们俩一眼，这才大步流星地走了。小姐妹俩吓得战战兢兢，但是在院子里玩了一会儿，就把这嘱咐丢到脑后了。将近九点钟的时候，她们俩偶然来到大路边，可是谁也没想穿过去。玛丽奈特突然发现，一只白色小山羊走在对面的田地里。苔尔菲娜还没来得及拉住妹妹，玛丽奈特就两三步跨过马路，朝小山羊跑去。

“你好。”玛丽奈特说。

“你好，你好。”小白山羊回答着，脚步没有停下来。

“你走得这么快！到哪儿去呀？”

“我去参加孤儿的聚会，没有时间闲逛。”

小白山羊说着，钻进一块长得高高的麦地里，一下就看不见了。玛丽奈特和追上来的姐姐看不见小山羊，都在那儿发愣。她俩正想回到路那边，又望见在五十米远的地方，有两只黄乳毛还没褪掉的小鸭子，好像走得很急。

“你们好，小鸭子。”小姐妹俩跑到小鸭子跟前说。

两只小鸭子停下来，趴在地上，喘着气。

“你们好，小姑娘，”一只小鸭说，“天气真好，是吧？可也真够热的！我弟弟累得够呛。”

“是够热的。你们从很远的地方来吗？”

“我想是的，而且还要走更远的路呢。”

“你们到哪儿去呀？”

“去参加孤儿聚会。我们歇好了，得上路了，可不能迟到呀！”

苔尔菲娜与玛丽奈特还想多打听一些，可是两只小鸭子说走就走，一下子就钻进了麦地里。两个小姑娘真想跟着他们去，可是记起爸爸妈妈禁止她们过马路的命令，又犹豫起来。说真的，她们想起这一点已经太晚了，因为离马路已经很远了。小姐妹俩正准备回家，苔尔菲娜却指给她妹妹看，靠树林那边的草地上，有一个白点在动。她们得去看看是什么，走到跟前一看，原来是一只小白狗。小白狗的年龄很小，个头只有猫的一半大。他在草地上尽可能快步地走着，可是，他的腿还没长结实，几乎每走一步都要绊跤。他见小姑娘问他，就停下来回答说：

“我去参加孤儿聚会，可是，我真担心不能准时到达。要知道，中午以前必须赶到！瞧我这小腿，走不了多远路就累了。”

“你到那儿去干什么？”

“听我解释。凡是像我这样没有父母的，就去参加孤儿聚会，好找一个家庭。对了，昨天我听说，在去年的聚会上，有一只小狗被一只狐狸收养了。但是，刚才我说过，我真担心晚了。”

小白狗发现一个蜻蜓，猛地站起来，又跳又叫，连续转了三圈，再躺在草地上打滚，最后舌头耷拉下来，呼哧呼哧喘气，等喘过气来才说。

“你们瞧，我又玩起来了。没办法，总想玩，就是憋不住。你们也理解，我还小呢。真的，我差不多走一步玩一玩，就是贪玩。这样就走不快了。唉！说实在的，我走到那里的希望不大了，要是有你俩这样粗大的腿，不用说……”

看样子小白狗挺伤心。苔尔菲娜和玛丽奈特彼此看了看，又望了望被远远抛在后面的马路。

“小狗呀，”苔尔菲娜终于开了口，“我要是抱你去，你看能赶上孤儿聚会吗？”

“哦！赶得上。”小白狗说。

“那就马上走吧。我们快走快回来。这聚会在什么地方呀？”

“不知道，我从来没去过。不过，在你们前边飞的那只喜鹊，看见了吗？是她给我指路的。你们不用担心，跟着她就成。她会把我们带到准确的地点。”

苔尔菲娜和玛丽奈特上路了，两人轮流抱小白狗。喜鹊在前边飞，有时落在草地或小路中间显眼的地方，接着再飞一段路程落下。刚一动身，小白狗就在苔尔菲娜的怀里睡着了，过了两个钟头，到了一个大池塘边，他才醒来。喜鹊落在玛丽奈特肩膀上，对两个小姑娘说：

"你们就待在芦苇旁边，等着天鹅来找你们。好了，祝你们顺利，再见。"

喜鹊飞走了。小姐妹俩看了看周围，发现不光有她俩。在岸边的草地上，坐着一群群小动物，有小绵羊、小山羊、小野猪、小猫、小鸡、小鸭、小狗、小兔以及别的小动物。小姐妹俩走了很远的路，都累了，也坐了下来。苔尔菲娜开始打盹，玛丽奈特突然叫了一声：

"瞧那边，天鹅！"

苔尔菲娜睁开眼睛，透过芦苇丛，看见两只大天鹅在水塘里朝一个小岛游去，稍远处还有一些天鹅登上小岛，每只天鹅背上驮着一只小兔子。再往远看，另外两只天鹅拉着一个用树枝和芦苇做的筏子，上面坐着一只吓得直叫唤的小牛犊。在整个水塘里，大天鹅不断来来往往，两个小姑娘看得起劲。突然，在她们坐着的草丛旁边，一只天鹅从芦苇里钻出来，一直朝她们游来。他的目光挺严厉，生硬地问：

"是孤儿吗？"

"是的。"玛丽奈特指着睡在她膝上的小白狗，回答说。

天鹅扭过头去，打了一声长哨。紧接着，另外两只天鹅拖着一个筏子游过来。

“上去！”那只好像监督动物上筏子的天鹅一声命令。

“等一等，”苔尔菲娜不肯，“我要向您解释一下……”

“我不听什么解释，”天鹅打断她，“你们要解释，上了岛再说。快点儿！”

“请听我说……”

“住口！”

天鹅眼神很凶，伸着长颈，要用嘴啄小姐妹俩的腿肚子。

“上来吧，拉筏子的天鹅也说，“要听话，不能在这儿耽误时间。”

小姐妹俩害怕了，只好登上筏子。两只天鹅立刻出发，拖着筏子朝小岛游去。水上旅游很有意思，一路上还遇到从岛上返回的天鹅，他们一定已经把乘客送到岛上了。还有一些天鹅，有的驮小猫，有的驮小狗，负载不重，纷纷赶过筏子，很快登上小岛。小白狗见这样航行，高兴极了，好几次差一点从玛丽奈特手臂上跳下去，想要玩水。

横渡一刻多钟到了小岛。上岸的时候，一只天鹅过来领走两个小姑娘和小白狗，把他们带到一棵桦树下，说是没有他的许可不准离开。苔尔菲娜和玛丽奈特在周围的小动物群里认出那只小山羊和那两只小鸭子，还不算刚才在水塘边看见的那几个。玛丽奈特数了一下，各种各样的动物有四十多只，天鹅还不断领来新的。小动物都在琢磨将要找到什么样的家庭，心里很激动，谁也不讲话。

在岛的另一端，也有一群动物，被一道草丛挡着，看不大清楚，但能隐约看出那里只有成年动物。他们好像都挺爱讲话，声音传到了两个小姑娘的耳边。

等了一刻钟，苔尔菲娜发现有一只老天鹅，正在孤儿旁边走来走去，看来是负责照看他们的。他一边走，一边摇晃着脑袋，样子挺和善。他见苔尔菲娜招了一下手，便走上前去，和蔼地说：

“你们好，我的孩子。这春天的天气可真好哇，对吧……有什么事儿啊？要知道，我的耳朵有点聋。”

“我想跟您说，我和我妹妹，要回家了。”

“哦，谢谢，我的身体还不错。”老天鹅回答。看来老天鹅的耳朵真是聋。

“我们得回家。”苔尔菲娜提高嗓门说。

“真的，天气热起来了。”老天鹅回答。

苔尔菲娜索性对着老天鹅的耳朵，提高嗓门喊：

“我们必须回家！”

还没等她喊完，一只天鹅，就是让小姑娘上筏子的那只，突然从草丛里钻出来，大声呵斥说：

“又是这两个小姑娘！说真的，就听她们嚷嚷啦！”

“我姐姐正在解释……”玛丽奈特也开了口。

“住嘴！真没规矩，再乱讲，我就把你们扔进水塘喂鱼！你们两个，回到位置上！”

天鹅说完走开了，一路还不断回头，朝小姑娘愤怒地瞪眼。小姐妹俩看这情景，干脆不讲话了。她们又热又累，在桦树下睡着了。

她们醒来一看，觉得挺奇怪。离开几步远，有六只天鹅——三只在左边，三只在右边，全背对着孤儿，坐在一个像讲台一样的土包上。天鹅前面，整齐地排列着刚才在岛的另一端闲聊的所有动物：猪、兔子、鸭子、野猪、鹿、绵羊、山羊、狐狸、鹳，甚至还有一只乌龟。大家都看着土台，仿佛在等谁。不一会儿，第七只天鹅来了，坐到他六位兄弟的中间，向全体动物鞠了一躬，说道：

“亲爱的朋友们，大家又来参加我们的孤儿聚会了。感谢你们没有忘记，并请求你们根据各自的意愿，也根据各自的能力，来挑选孤儿，现在开始。”

头一个上台的是一只小羊羔，马上被一只肥胖的绵羊收养了。跟着上去的是一只小野猪，让一只野猪要去了。孤儿一个个上去，又被一一领走，事情进行得很顺利。轮到小姑娘早上碰到的两只小鸭子，一只老狐狸表示愿意收养。

“他们到哪儿也找不到像我这样好的父亲，”狐狸拍着胸脯说，“你们放心，我一定好好照顾他们。”

刚才宣布领养开始的那只天鹅，小声地同他的弟兄们商量了几句，回答狐狸说：

“狐狸，我并不想怀疑你对这些孤儿的诚意，我甚至相信你会很好地照料他们，但是，我担心他们的好日子长不了。对狐狸来说，两只小鸭子的诱惑力太大了。”

苔尔菲娜和玛丽奈特倒很安心，因为，如果谁也不肯收养她们，总得放她们走。她们望见最后一排，小白狗正在他新的亲人中间睡觉，她们心想他睡着了倒挺好，否则他一定会请求他的养父母獒狗收留他的两个朋友。

“谁也不肯收养她们？”天鹅问，“两个小姑娘无家可归，总不能不管呀。狐狸，刚才你那么着急要两只小鸭子，就不能帮帮这两个孩子吗？”

“但愿我能帮上忙，”狐狸说，“喏，但是我心肠太好，实在太好了，我永远也不够严厉，教育不好两个这样淘气的小姑娘。真的不行，我不能收养她们，非常遗憾，但这是为她们好。”

天鹅又问刚收养了一只小鹿的大鹿。

“我想过收养她们，”鹿回答，“但这太荒唐了。您想想看，我的生活受到人、狗和枪的威胁，总是奔跑。不行，不行，这不理智。我觉得可惜，她们多漂亮。”

天鹅又询问其他动物，可是谁也不愿负担她们俩。一只野猪刚才也推托了，站在头排的一只乌龟从壳里伸出脖子，沉着地说：

“既然谁也不愿意，那我要她们了。”

这个提议出人意料，引起动物们哄堂大笑。小姐妹俩想到自己可能成为乌龟的女儿，也不禁微笑起来。天鹅让大家止住笑声，衷心感谢乌龟，并称赞她慷慨，为避免伤害她，便极其委婉地向她解释，她个头儿太小，管教不了这两个大姑娘，况且她走路也太慢。乌龟再没说什么，头缩回壳里，显然生气了。队列里再也没有要收养小姑娘的声音，于是，第七只天鹅回头同他的兄弟小声商议。苔尔菲娜和玛丽奈特眼看自己要自由了，瞧他为难的样子觉得好玩。第七只天鹅回到位置上，高声宣布：

“我和我的兄弟们决定收养两个小姑娘，我们通力合作并严格要求，管教这两个没教养没规矩的孩子，相信还能够胜任。等明年你们来参加孤儿聚会时，我相信你们看到她们的进步，准会大吃一惊。”

小姐妹俩站起来，再次想解释她们的奇遇，可是天鹅没容她们讲话，就让她们走下土台，把她们带到岛上的一个角落，交给那只耳聋的老天鹅照看。她们远远望见动物渡过水塘离去。

“等他们都渡过去，”苔尔菲娜安慰妹妹说，“天鹅回到岛上，总得听我们说说。他们不能总不让我们讲话。”

“可是等他们渡过去，时间就晚了，”玛丽奈特回答说，“爸爸妈妈很快就要上路了，万一他们赶在我们之前到家……他们叮嘱过不准过马路的！噢！我真不愿意想这事儿。”

将近下午四点钟，孤儿聚会已结束，所有的动物都渡过了水塘，唯有小姐妹俩还留在岛上，可是负责运输的天鹅迟迟不回来。他们忙着捕鱼了。苔尔菲娜和玛丽奈特心里越来越不安，脸也拉得老长。负责照看她们的老天鹅见她们不高兴，就想安慰安慰她们。

“你们想象不出来，有你们在跟前我有多么高兴，”老天鹅说，“我已经觉得再也离不开你们了。今天嘛，不太热闹。把你们留在岛上，是让你们休息休息，等明天，你们就要学游泳，学捕鱼。你们会看到，这里的生活多快乐。哦，对了，你们大概饿了吧？”

这话说对了，小姑娘们饿得很。天鹅让她们忍耐一会儿，离开不多工夫，嘴里就叼着一条鱼回来。

“给你们，”老天鹅把鱼放在她们面前说，“趁着新鲜，活蹦乱跳的，快点吃吧。我再给你们抓去。”

小姑娘倒退了几步，摇了摇头；玛丽奈特上前捡起鱼，又放回水塘里。老天鹅非常吃惊。

“怎么，不喜欢吃鱼？”老天鹅说，“一条鱼在嗓子眼里动弹，这种感觉该有多好啊。不管怎么说，还得想法给你们换一种食物。我在想啊……”

两个小姑娘只是担心不能赶在父母之前回家，根本顾不上肚子饿不饿了。又过了一阵儿，她们朝水塘另一边望，发现太阳落在树梢上了，少说也有晚上六点钟了，爸爸妈妈恐怕往回走了。苔尔菲娜和玛丽奈特越想越害怕，呜呜哭起来。老天鹅见小姑娘流下眼泪，一下子愣住了，急得在她们面前直打转。

“你们怎么啦？究竟出什么事儿啦？噢！我又老又聋多不幸啊！这么俊的两个孩子！哦，我有办法了，跟我来，我一到水里，就听得见别人的话了。”

老天鹅浮在水塘上，嘴插在水中，苔尔菲娜向他讲述，她和玛丽奈特为了护送小白狗，怎样违反父母的禁令，穿过了马路，后来又怎样来到这里。苔尔菲娜讲完了，老天鹅就向水塘中心游去，一边还拼命地打呼哨。周围捕鱼的天鹅马上过来，在他面前排成半个圆圈。

“你们这帮坏家伙，真可恶！”老天鹅气得发抖，冲他们喊起来，“我不知道怎么还忍着，没有把你们全赶出水塘。你们给天鹅群丢脸！两个小姑娘心肠这样好，把一只孤单的小白狗送到这里，你们反过来不让她俩回家！还不准她们开口告诉我你们干了蠢事！”

天鹅们都无话可讲，纷纷低下头。

“万一小姑娘们挨父母的骂，我饶不了你们！”老天鹅一边嚷着，一边带他们朝小岛游去。

大家到了小姑娘面前，老天鹅命令道：

“趴在地上，请求原谅！”

天鹅们上了岸，到了小姑娘面前，整整齐齐地趴在地上，长长的脖子全贴在地面上。苔尔菲娜和玛丽奈特觉得很不好意思。

“现在，去给我准备由五只天鹅拖的筏子，一分一秒也不要耽误！我们要沿着水渠，把两个孩子运到河中，再逆水而上，一直送到离马路最近的地方。不用说，我们要一直把她们送到家。好了，快点干，懒蛋！”

天鹅们立刻跑开，很快准备好了筏子。苔尔菲娜和玛丽奈特登上筏子，由五只天鹅拉着，前边还有六只开路，将碍事的树枝搬开，免得耽搁行程。老天鹅在筏子旁边游，一路监督。进入水渠的时候，同伴们都担心老天鹅经不住劳累，想劝他不要跟他们去。他们都说，他这么大年纪，游这样远的路太危险。两个小姑娘也劝他回岛去。

“都不必费心了，”老天鹅回答，“为了不让两个小姑娘挨骂，一只老天鹅的性命不算什么。好啦，加油，快点！天就要黑了！”

果然，太阳已经落了，暝色降到水塘上。但筏子顺水，在水渠中划得很快。五只天鹅不遗余力。老天鹅气喘吁吁，紧紧跟随，一发现他们要放慢速度，就立刻冲他们喊：“再快点儿！一帮慢性子，小姑娘们要挨骂了！”

筏子进入河道的时候，天已经黑了。水流很急，必须拼命游，可周围一片漆黑，航行很不便，幸亏月亮很快升起来，天鹅们比较容易掌握方向了。最后，老天鹅命令登岸。苔尔菲娜和玛丽奈特见他累得很，忙劝他休息，可他根本不听，一定要先把她们带上马路。

“不要耽误时间了，我真担心你们回去晚了，”老天鹅说，“哦！真的非常担心。”

在白色天鹅的护送下，小姐妹俩上了马路，定睛一看吃了一惊，差一点叫出声来。她们前边一百米开外的地方，爸爸妈妈每人拎一个篮子，正背对着她们往家走。

老天鹅明白了，立刻把两个小姑娘拉到路对面的篱笆后边，小声对她们说：

“你们在篱笆后边跑，很快就会赶过你们父母。快到家的时候，你们再穿过马路，我们这边想办法，把你们父母的注意力吸引开。最主要的是，你们得提前到家。”

小姐妹俩很想照老天鹅的话办，但是，她们累了，一天没吃饭，腿有点支撑不住，只好一步一步往前挪。她们走得比她们父母慢。结果越走越落后了。

“这下子事情可麻烦了，”老天鹅低声说，“必须抢时间。让我来吧。”

老天鹅说完，走上了马路，一边在孩子们的父母后面跑，一边喊：

“善良的人啊！你们路上没丢什么东西吗？”

孩子们的父母停住脚步，借着月光看看篮子里是不是少了什么东西。老天鹅不跑了，而是慢腾腾地走，好让小姑娘赶到前边去。孩子们的父母等得很不耐烦。

“你们没丢东西吗？”老天鹅走到他们跟前说，“我在路上捡到一根美丽的白羽毛，不是我的，想必是你们的吧。”

“我们身上有羽毛？岂不是把我们也当成你这样的傻瓜啦？”孩子们的父母边嚷边扭头走了。

老天鹅又走到篱笆的那边，看见小姑娘超过去一点儿。可是，她们的父母又大步流星走起来，不一会儿就赶上并超过了她们。老天鹅看样子已疲惫不堪，但他一面好言好语鼓励小姐妹俩，一面鼓足劲儿领着同伴跑起来。小姐妹俩见天鹅群默默地往前跑，跑到篱笆的一个缺口处不见了。这工夫，爸爸妈妈还在马路上，嘴上念叨着待在家里的女儿。

“但愿她们听话，没过马路，”他们说，“哼！她们要是敢穿过马路……”

苔尔菲娜和玛丽奈特全听见了，吓得腿都软了。

突然，爸爸妈妈停下脚步，睁圆了眼睛，观看马路中间十二只大天鹅跳舞！天鹅两只两只地双双旋转着，用一条腿跳，再换一条腿跳，相互施礼，围成一个圆圈。然后，他们伸长脖子，十二张嘴聚在一个点上，旋转起来，速度快极了，真如旋风卷起的一团雪花，简直分不出谁是谁。

“真好看，”孩子们的父母看了一会儿说，“不过，现在不是看跳舞的时候，耽误的时间已经够多的了。”

他们从跳舞的天鹅中间过去，继续赶路，在篱笆的那边，小姐妹俩又赶到爸爸妈妈前边了，可是，只片刻工夫，她俩又听到爸爸妈妈的脚步声，觉得先到家的希望一点也没有了。老天鹅和伙伴们已经离开了大路，跟在她们后边，奋力小跑，可是他累极了，跌跌撞撞，几乎摔倒。本来跑了很长的路，又跳了一阵舞，实在累了，但他竭尽全力，终于赶上了两个小姑娘；此时，爸爸妈妈离家门只有一米了。

“一点也不用害怕，”老天鹅说，“你们不会挨骂的。但是，我要把你们托付给我的朋友，答应我要听他们的话，到时候由他们带你们过马路。”

老天鹅说完离开篱笆，拼着最后一点力气朝田间奔跑，速度渐渐慢下来。他觉得两腿僵硬，跑到一块草地便扑倒，再也起不来了。于是，他像所有临死的天鹅一样，开始唱歌。他的歌声美极了，听着使人落泪。孩子的父母手拉手走在马路上，一听见歌声，便不知不觉返身，穿过田地，朝歌声起处走去。天鹅的歌声停了很久，他们才踏着夜露赶回家。

苔尔菲娜和玛丽奈特在厨房的灯下缝衣裳。餐具已经摆好，炉火也生起来了。爸爸妈妈进了门，小声地向女儿问好，声音变得连女儿都听不出来了。他们总是望着天花板，眼睛

湿润润的，这是从来没有过的事情。

“多可惜呀，”他们对女儿说，“多可惜呀，你们穿过马路就好了。刚才有一只天鹅在草地里唱歌。”

勤奋好学的大白牛

06

苔尔菲娜得了优秀奖，玛丽奈特得了荣誉奖。老师吻了这两个小姑娘，吻的时候很小心，没有把她俩的漂亮裙子弄脏。镇长穿着绣花制服，特意从城里来，讲了一番话：

“我亲爱的孩子们，”镇长说，“受教育是一件好事，没有受教育的人是很可怜的。你们呢，幸亏不是这种情况。比方说，我看见这里有两个小姑娘，她们穿着粉裙子，金黄头发上戴一顶金色的花冠，为什么呢？因为她们努力学习了。今天，她们得到了奖赏，没有白努力。瞧吧，她们的父母该多高兴啊，父母跟他们的孩子一样自豪。哈哈！老实对你们说吧，我并不想自我吹嘘，不过，当初如果我不是一直成绩优良，如今就当不上镇长，也不能穿上这套银光闪闪的服装。在学校里要努力学习，还要让无知的和懒惰的人明白，知识是不可缺少的。”

镇长讲完，弯腰行了个礼，学生们唱了一支短歌，然后各自回家了。回到家里，苔尔菲娜和玛丽奈特把漂亮裙子脱下来，换上平日穿的衣裳；可是，她们没有玩球，没有玩跳背游戏，没有玩布娃娃，没有玩大灰狼的游戏，没有玩跳房子，也没有玩猫在高处睡觉的游戏，而是谈起了镇长的讲话。她俩觉得，他那段话讲得的确非常好。她们甚至有些发愁，眼前还找不到一个完全无知的人，好让他们明白受教育的好处。苔尔菲娜叹了口气，说道：

“真想不到，咱们有两个月的假期，两个月该怎么度过呢！”

家里的牛棚有两头耕牛，个头儿一般高，牙口也一样，一头红棕花斑，一头一抹白色。两头牛像一双鞋一样，几乎总是在一起，因此，大家都说他们是“一对牛”。

玛丽奈特首先找到红棕花斑牛，一边抚摩他的脑门，一边对他说：“牛哇，你愿意学识字吗？”

大花牛以为是跟他开玩笑，就没搭理。

“受教育可美啦！”苔尔菲娜也从旁说。

“没有比这更有意思的了，等你识了字就会明白。”

大花牛又琢磨了一会儿，才回答：“学识字干什么呀？

识了字，拉犁就轻一点了吗？我吃的东西就能多了吗？当然不会啦。我可不能白受累呀！谢谢你们的好意，小姑娘，我不像你们那么傻。我可不学识字，决不学！”

“瞧你说的，牛呀，”苔尔菲娜反驳他说，“你说话不合情理，你没想想，不识字会有多大损失？考虑考虑吧。”

“早考虑好了，美丽的小姑娘，我不干。哦！要是叫我学游戏嘛，那倒没什么说的。”

玛丽奈特的头发比她姐姐的更黄一些，脾气也更急一点，她说：“牛不学识字活该，就叫他无知下去；一辈子当一头无知的牛。”

“这话不对，”大花牛说，“我不是一头无知的牛。我的活儿一直干得很好，谁也没有什么可责备我的。你俩谈什么学习，真叫我觉得好笑。好像不学习就不能生活啦！请注意，我没有说学习是坏事，只是说它对牛不合适，没别的意思。从来没见过哪头牛有学问，这就是证明。”

“这根本证明不了什么，”玛丽奈特反驳说，“如果说牛一个大字不识，那是因为他们从来没有学过。”

“不管怎么说，这事儿别找我，你们就不必费心了。”

苔尔菲娜还劝他听听道理，可是没有用，大花牛根本不想弄懂这个道理。小姐妹俩掉头走开，心里真替大花牛难过。她们又劝说大白牛。大白牛对她们的关怀很感激，他对两个小姑娘很有感情，不愿意再拒绝她们，让她们伤心。再说，想想自己日后可能成为一头出众的牛，觉得也不错。他是一头善良的牛，心肠非常好；他温存，有耐性，又勤劳。不过，他也有点傲气，好图点名望。这个毛病，从他高傲的神态就可以看出来，比方犁地的时候，主人要是指出他哪点儿不对，他总是竖起耳朵，内心不以为然。可是话说回来，牛各有各的缺点，根本没有十全十美的，这头大白牛尽管有些小毛病，本质还是很好的。

“跟你们说，小姑娘，”大白牛回答说，“我几乎也要像我的兄弟那样回答你们，识字对我有什么用呢？可是，我愿意顺从你们的心。不管怎样，对一头牛来说，学习即使没用，也没坏处；我要是学习学习，还能开开心呢。如果这件事不太麻烦，我愿意试试。”

小姐妹俩碰到这样一头好心的牛，非常高兴，夸他真聪明：

“牛呀，可以肯定，你能学得很好，能得到优异成绩。”

大白牛听了这些夸奖的话，就把脑袋缩到脖子里，脖子堆出褶皱，就像人们趾高气扬时那样。

“确实这样，”大白牛低声说，“我也相信我有天资。”

苔尔菲娜与玛丽奈特要让爸爸妈妈大吃一惊，决定对大白牛学习的事儿保密。以后等大白牛有了学问，看爸爸惊奇的样子，那才有意思呢。

学习一开头就很顺利，这是小姐妹俩原先没敢想的。大白牛确实很有天赋，此外，他的自尊心也很强。他见大花牛总嘲笑他，就在自己啃字母时，装作有极大的兴趣。不到两周，他就学会念所有的字母，甚至能够背下来了。平时每天傍晚从地里回来，苔尔菲娜与玛丽奈特都瞒着爸爸妈妈，给大白牛上课，星期天、雨天更是加紧上课。大白牛学得很认真，但累得脑袋很疼，有时半夜醒来，他还大声学拼音：

“B、A，ba；B、E，be；B、I，bi……”

“傻乎乎的，念什么B、A，ba，”大花牛嘟囔说，“自从两个小姑娘往他脑袋里灌了出人头地的思想后，我简直就没法儿睡安稳觉了。难说你以后不会后悔……”

“你永远也想象不出来，学会元音、辅音，再拼成音节，是多么有意思。我现在懂了人为什么那样称赞学习。这三周来，我真的变了一个样子。学习多快乐啊！但不是谁都能学，必须具备一定能力。”

大花牛见他这样高兴，有时心里也不免自问，这样无知与固执是不是明智。然而，由于今年的青草非常好，有股榛子的香味，垫草又长又松软，大花牛很容易顶住学习的诱惑。

开头，苔尔菲娜和玛丽奈特非常得意，觉得做对了。大白牛取得了惊人的进步。花了一个月，他就会数数了，念课文也比较流畅，甚至还学会了一首短诗。他变得十分好学，槽子里总放着一本打开的书，他用舌头翻着书页。有时放一本算术书，有时放一本语法书，有时还放一本历史书或者地理书，甚至一本诗集。他既好学，又勤奋，对印出来的东西总是感兴趣。

“我怎么活到现在，连这些有趣的事情都不知道呢？”大白牛总是这样自言自语。

他无论是下田，吃青草，还是走路，脑袋里总想着他的功课。要交代一句，这头牛有六岁，牛在这种年龄，能同二十五岁至三十岁的人一样懂道理。他学习的劲头太大，又是额外加码，并没有减轻田里的活儿。加上他总是遐想，有一半时间忘记喝水吃食，结果眼珠也黄了，脸也瘦了。小姐妹俩见了非常担心。

“牛哇，”小姑娘对他说，“我们对你的学习非常满意。现在，你懂的知识跟我们一样多了，甚至比我们都多。因此，你休息休息也是应该的，而且，你的身体也需要休息。”

“我才不在乎身体呢，我只想充实我的头脑。”

“听我们说，牛，应当理智一点儿。你要是像我们一样上学，就会明白总学习也不好，也要休息。我们有课间休息，甚至还有假期。”

“假期？哦！对啦，跟我谈谈，假期是怎么回事儿！说实话，谈谈假期嘛，我是不会烦的！”

小姐妹俩不明白他这话是什么意思，便用胳膊肘相互捅了捅，仿佛相互嘀咕：“咦！他这是怎么啦？”

“喂！我看得清清楚楚，”大白牛说，“你们向我谈假期，说东说西，说我应当休息。好，我恰恰同意你们的看法。好极了，假期，不过要真正的假期，我能按照自己的兴趣爱好学习。啊！能把时间用来读诗人的作品，了解学者的著作，那才叫生活呢！”

“也总得玩玩呀。”玛丽奈特说。

“唉！跟你们没法儿说，”大白牛叹了口气说，“你们还是小孩子。”

大白牛说着，又摇摆着尾巴看起一章《地理》来，表示小姑娘们在这里他会感到不耐烦。不管她们向他说什么都没用，他很固执己见。

“既然你不愿意休假，”玛丽奈特对他说，“那起码要当心，别让人看见你学习。你眼前总放着一本打开的书，万一让爸爸妈妈撞见……”

从这种嘱咐中可以判断出教牛读书这件事做得是否理智，两个小姑娘自己也把握不大。的确，她们没有向任何人夸耀她们的所作所为。

不用说，主人察觉到大白牛的神态有了变化。有一天傍晚时分，大白牛坐在牛棚门口，仿佛心不在焉地瞭望田野，主人见了非常惊奇。

“喂，牛哇，你端端正正地坐在那里，究竟干什么呀？”主人问。

大白牛摇头晃脑，半眯缝着眼睛，轻声细语地回答说：

我坐在门前观赏，
在落日的余晖中，
最后一刻的耕种……

这是雨果的诗句，主人不知道，兴许忘记了。主人乍一听倒挺赞赏：

“这头牛，倒出口成章。”可是，主人一细琢磨，便怀疑这美妙的语言中有鬼名堂，因而又说了一句，“哼！我不清楚这是怎么回事，不过，最近这段时间，我觉得他的样子很怪……”

当时两个小姑娘也在场，她俩窘得厉害，脸一下红到耳根，只是爸爸没注意。然后，爸爸一声喊：

“好啦！大白牛快回牛棚去吧！我呀，可不喜欢牛这样装模作样！”

大白牛站起身，悲伤又愤怒地朝主人瞥了一眼，转身回到大花牛旁边的位置上去了。不久，他因学习过于勤奋，在田里干活儿就受到了影响。他头脑里装满了美妙诗句、历史年份、数字和格言，因此听主人的命令就心不在焉。有时甚至根本不听，车拉歪了，即便没掉进水沟里，也到了沟边了。

“当心，”红棕花斑牛撞了撞他肩膀，轻声提醒说，“你又要惹主人苛责我们了。”

大白牛神态傲慢，耳朵微微颤动，他就是同意回到正道，也几乎马上又偏离了。

一天上午，大白牛正在犁田，没有主人的号令，却猛然停下来，高声讲出他心里想的事儿：

“有两个水龙头，往七十五厘米高的一个圆形容器中放水，每分钟的流量为二十五立方分米。若打开甲龙头，需要三十分钟装满容器；若打开乙龙头，只需要三分之一的时间灌满容器。请计算容器的容量和直径。两个龙头同时开，需要多长时间把它装满——有意思……太有意思了……”

“你在叨叨咕咕些什么呢？”主人说。

“喏……假设两个龙头全关上，……那会怎么样呢？”

“喂，你倒是告诉我，你叨咕什么……”

可是，大白牛正寻求答案，思想非常集中，没有听见主人的话，一直站着不动，嘴里念叨着数字。人们历来都夸牛性极为平稳，从来不像骡子和驴那样，动不动就停下来，死不肯走。因此，主人见大白牛这样任性，不禁十分诧异，心想：“这牲口一定病了。”主人放下犁，走到犁套前，非常关心地问：

“你好像不舒服。瞧你，有话就说嘛，究竟怎么啦。”

大白牛这下子火了，用蹄子刨着地，回答说：

“真倒霉，就没有一分钟能安静地考虑问题，好像我除了犁地，就没有别的事儿似的！我再也不能忍受这种枷锁啦！”

主人愣住了，心想牛别是神经错乱了。大花牛虽然没有露出一点忧虑的情绪，可是，他非常清楚大白牛这样暴躁是什么缘故，但是，他是个好伙伴，不愿意打小报告来取得主人的好感，谁同他在一起，都用不着担心。最后，大白牛终于收回心思，没好气地抱歉说：

“好了，我刚才有点走神儿。别再说了，接着干活儿吧。”

这天中午吃饭的时候，小姐妹俩听了父亲说的话，真吓坏了。

“那头大白牛，真拿他没办法，”爸爸说，“今天上午，他又犯傻了，干活儿出错不说，回答的话也放肆极了，真把我气得火冒三丈。简直了不得，连说他一句都不行。你们想得到吗，嗯？他再这样胡来，我只好把他卖给屠宰场……”

“屠宰场？”苔尔菲娜问，“那是干什么呀？”

“嗯，就是这个主意！干脆吃他的肉！”

苔尔菲娜呜呜哭起来，玛丽奈特说道：

“吃掉大白牛？我可不干。”

“我也不干，”苔尔菲娜跟着说，“不能因为一头牛脾气不好或者忧伤，就杀了他吃肉啊。”

“也许应当安慰他吧？”

“当然啦！反正没有权力吃他的肉！”

“那就不吃他的肉好啦！”

小姐妹俩清楚地看到，她们给自己的朋友招来多大灾祸，因此像着了魔似的闹起来，又哭又叫，连连跺脚，气得爸爸大吼：“一对傻丫头，胡说什么，住口！小姑娘不要管这些事。一头牛不听话，就只能杀掉吃肉，如果我们家这头牛不改好，被吃掉也是活该！”

等女儿出去，爸爸却不生气了，笑着对妻子说：

“若是听她们的，那就只好让所有牲口老死。至于大白牛，我认为近期还不能卖他，现在太瘦了，卖掉不合算。再说，我也很想了解了解，他怎么瘦下来了。我一直觉得这事有点儿蹊跷。”

这工夫，苔尔菲娜和玛丽奈特跑进牛棚，向不幸的大白牛报信。大白牛正在学习语法，看见两个小姑娘进来，就闭上眼睛，背诵分词的规则；按说，分词的规则是很难背的，可他一处也没背错。

然而，玛丽奈特收起了语法书，苔尔菲娜跪在垫草上，说道：

“牛哇，听说你再把犁拉歪，你就要被卖掉。”

“那有什么了不得的呢，小姑娘？在这点上，我同意拉·封丹的看法：‘我们的敌人，就是我们的主人。’”

小姐妹俩觉得他说话不够客气，反正，他至少应当对她们讲几句后悔的话。

“瞧他现在成了什么样子，”大花牛从旁指责说，“他现在六亲不认，朋友也不认了。”

“把我卖掉有什么关系呢？”大白牛又说，“毫无疑问，唯一的风险，就是新地方对我的评价，要比这里的高点儿吧。”

“我可怜的牛哇，你要被卖到肉铺去。”苔尔菲娜说。

“要被人吃掉，”玛丽奈特怪他忘恩负义，也补充说，“你要被吃掉，可这是我们的过错，不该让你受教育。因为，必须承认：你受了教育，才变得叫人难以容忍。”

“我早说过，学习对牛毫无用处，”大花牛叹道，“可是，他不愿意听我的话。”

他的伙伴从上到下打量他，冷淡地回答：

“对，先生，你的劝告，我从前鄙视，如今也鄙视。要知道，我绝不后悔，至于要我忘记什么，我也拒绝。我的唯一愿望，唯一志向，就是再学习，永远学习，宁死也不放弃学习。”

大花牛没有发火，反而友好地回答：

“要知道，你万一死了，我会很伤心的。”

“对，对，嘴上都这么说，可内心里……”

“更何况，这对你不是什么舒服事，”大花牛继续说，“有一天，我进城，从一家肉铺门前经过，看见一头牛开了膛，大腿被钩住，倒挂着，皮已经被剥下，脑袋就放在旁边的肉案上，卖肉的操着刀，从他血淋淋的身体上往下割肉……如果你不听劝，而是一味追求知识就会落到那种下场。”

大白牛再也不想死了，尽管嘴硬，他还是同意小姐妹俩的看法。

“牛哇，”她们对他说，“镇长先生的话不是针对牛讲的。如果我们动脑筋想一想，我们就会教你游戏了：叠手呀，狼的游戏呀，拍手呀，玩布娃娃呀，猫爬高呀。”

“那怎么行呢，”大白牛反对说，“游戏，那是孩子们玩的。”

“我呀，我倒挺喜欢游戏，”大花牛咧开嘴，笑得牙全露出来，说道，“比方说拍手游戏，或者猫爬高游戏，我还不知道怎么玩，但肯定非常有意思。”

小姐妹俩答应教他玩。大白牛也发誓说，以后在田里干活儿一定专心，在主人面前思想再也不开小差了。

一个星期当中，大白牛什么书也没看。可是，他痛苦极了，眼看着瘦下来，体重一周减轻了十三点八公斤。即使像牛这样重的体重，一下子减轻这么多也是很明显的。于是，小姐妹俩又给了他几本最枯燥乏味的书。一本关于造雨伞的论文，一本关于治风湿痛的古书。大白牛觉得书有意思极了，读了几遍还不算，干脆把两本书全背下来。读完之后，他对小姐妹俩说："给我别的书。"姐妹俩没办法，只好照办。这样一来，他又陷入了学习的狂热中。进肉铺也好，主人发火也好，大花牛友好规劝也好，什么也不能把他从学习中拉出来。

几周工夫，大花牛也发生了很大变化。苔尔菲娜和玛丽奈特希望博学的牛能被游戏所吸引，便教大花牛玩拍手、捉迷藏、猫爬高等游戏。大花牛玩得非常开心，甚至疯得有点过头，不像他这牙口的牛，因为他变得特别轻浮，动不动就哈哈大笑。这样一来，这对牛很难合群，争吵的事屡屡发生。

"我不理解，"大白牛忧伤地瞥了同伴一眼，声调严肃地说，"我不理解……"

"别，让我笑，"大花牛打断他的话，"我憋不住，不笑不行。”

“我不理解，为什么缺乏严肃和自尊到了这种程度。要知道，长乘宽，就得出长方形的面积；莱茵河的源头在圣哥达高原；查理·马特查理·马特，法兰克王国墨洛温王朝末期的宫相（法国官职名，类似宫廷总管。）公元七三二年在普瓦提埃战役大败阿拉伯军队，遏制了阿拉伯人向西欧的继续深入，捍卫了法兰克王国的独立，后来成为法兰克王国的实际统治者。是在公元七三二年战胜阿拉伯人的……想想这些，再看看一头六岁的牛竟玩这种愚蠢的游戏，情愿不懂这些奇妙的知识，怎不令人惊奇……”

“哈！哈！哈！”大花牛笑得弯下腰。

“白痴！哪怕你玩的时候安稳些，别打扰我的学习也好啊。你就不能住口？”

“听我说，老兄，把你的书本丢开一会儿，咱们俩玩点什么……”

“他真疯了！好像我有时间陪他……”大白牛咕哝一句。

“玩玩飞鸽子，只玩一刻钟……只玩五分钟……”

有时，大白牛让步了，但也让大花牛保证让他安静地学习。然而，他心思总在学习上，做游戏很笨拙，总是出错。

有时大花牛真的恼火了，说他故意不好好玩。

“每次你都是一开始就输。你这么有学问，难道不清楚什么是房子吗？……既然清楚，你为什么说‘飞房子’呢？哼！看来，你的反应并不快……”

“我的反应比你快，”大白牛又说，“不过，我对这种蠢事不感兴趣，并以此自豪。”

他们的游戏大多以对骂收场，不动武就是好的。

“你们真够文雅的，”一天晚上玛丽奈特撞见他们正吵架，就对他们说，“你们就不能和和气气地说话吗？”

“都怪他，他逼我玩飞鸽子游戏。”

“不对，跟他呀，连开开玩笑都不成。”

结果，两头牛越来越难相处，在一起拉犁从未见过这么别扭。大白牛越来越心不在焉，应该往前走时，他却倒退，应该往左拉，他却往右使劲；而大花牛动不动停下要笑个够，或者回头让主人猜个谜语：

“四脚叠四脚，四脚走了留四脚。猜猜是什么？”

“算了，我们不是来这儿胡说八道的。走！”

“是啊，”大花牛笑着说，“你这样讲，是因为你猜不出。”

“我？我是不想猜。干活儿！”

“四脚叠四脚，喏，并不难猜呀……”

主人只好拿刺棒刺他，让他重新干活儿。可是，另一头牛又停下来，思考两点间的直线是否真是最短路线，拿破仑是否真是有史以来最伟大的统帅（有些日子他认为是恺撒）。这个农夫看到自己的牛变了，干活儿这么糟糕，总是这个拉，那个停，他感到很伤心。有时，费了一上午劲，才犁出一条垄，下午还得返工。

“这两头牛把我气蒙了，”他回家里说道，“哼！要是能卖掉就好了……但是，别指望卖白牛，他越来越瘦了，再说，大花牛变得叫人无法容忍，如果卖了，那么剩一头牛怎么干活儿呢？”

苔尔菲娜和玛丽奈特听见这番话，心里还有点内疚，不过，她们尤其庆幸哪头牛也不会卖给屠夫。她们没有料到，大白牛管不住自己的舌头，一切全败露了。

一天傍晚，大花牛从地里回来，在院子里同小姑娘们玩起猫爬高的游戏。说实在话，他不能像猫那样，爬到酒桶上面、板凳上面，或者洗衣池上面睡觉，他的块头太大了。小姐妹俩特别优待他，他一只蹄子搭上去就算赢。主人可没拿好眼色看牛演戏。当大花牛把蹄子搭在井台上，装作在上面睡觉时，主人就拼命拽他的尾巴，怒气冲冲地对他说：

“你胡闹有完没完啦？瞧瞧这个大傻瓜，净玩些什么呀！”

“怎么呀，现在玩玩都不行啦？”牛说。

“等你干活儿像个干活样儿，我就让你玩。回牛棚去！”

接着，他又瞟向大白牛，大白牛刚喝完水，正在石槽里做物理试验呢。

“你呀，我也劝你干活儿用点心，”主人对他说，“我有办法治你的。现在呀，也给我回牛棚去。对着水胡说八道，像个什么样子？走开！”

大白牛的物理试验被打断，本来就够气恼的，又听到主人用这种口气跟他讲话，更觉得受了侮辱，便顶撞说：

“您这样粗暴地讲话，如果是对待像我同伴那样一头无知的牛，倒还可以，但您对待我不该这样，我这头牛学过……”

两个小姑娘已经凑上前，赶紧向他摆手，不让他乱讲，可他继续说下去：

“我这头牛，告诉您，学过科学、文学和哲学。”

“什么？牛啊，我不知道你这样有学问呀。”主人说。

“但这是事实。我看过的书，您一辈子也看不完，先生，我懂得的事情，比你们全家人合起来懂得的还多。像我这样有才华的牛，被迫在田里干活儿，您认为合适吗？先生，在您看来，哲学的位置就在犁前吗？您责备我农活儿干得不好，然而，我生来是为了完成更重要的工作。”

主人洗耳恭听，不时点头，小姐妹俩思忖他准得发火，听大白牛全讲出来之后更要火冒三丈，但是出乎她们意料，她们的爸爸却这样讲：

“牛哇，你怎么不早跟我说呢？你想想看，我要是知道了，绝不会逼你干这种累活儿。我特别尊重科学和哲学。”

“还有文学呢，”大白牛说，“您好像把文学忘掉了。”

“当然啦，我也特别尊重文学。好啦，就谈到这儿吧；我打算从今以后，就让你待在家里，在最清静的环境中完成你的学业，再也不让你占用睡觉的时间来看书和思考问题了。”

“您是好主人，如何感谢您这种慷慨呢？”

“注意身体就行了。我喜欢看到文学、科学和哲学具有一张丰满的面孔。你不要考虑别的，要一心学习、吃饭和睡觉。大花牛要干两头牛的活儿。”

对如此难得的聪明主人，大白牛称赞不已，小姐妹俩也为有这样的爸爸而自豪。只有大花牛不欣赏这一决定。但事实上，他比较好地适应了新的安排，即使他干的活儿不能完全令人满意，但至少没有同伴心不在焉或故意妨碍他，干活儿顺当多了。

从此大白牛生活得十分美满。他在学习上专攻哲学。由于空闲时间多，草料又非常好，可以安安静静地思考问题了。他渐渐胖起来，模样挺有精神，哲学也精通了。主人发现他体重增加了七十五公斤，决定把他连同大花牛一起卖给肉铺。主人牵着两头牛进城那天，碰巧一个大马戏团的老板从两头牛身边走过，听到大白牛谈论科学、诗歌，谈得很精彩，心想买一头有学问的牛进马戏团倒挺不错，立即出好价钱要买下来。大花牛很后悔过去没有学习。

“把我也买下来吧，”大花牛说，“我没有知识，这是真的，但是，我会做有趣的游戏，能逗观众笑。”

“买下他吧，”大白牛说，“他是我的朋友，我同他分不开。”

马戏团老板犹豫了一会儿，才决定买下大花牛。两头牛的演出取得很大成功。第二天，小姐妹俩进城，观看两个牛朋友演出非常精彩的节目。她们想到这是最后一次看见这两个朋友，心里不免有些难过。大白牛也忍不住流下眼泪，但他一心想旅行，进一步增长知识。

爸爸妈妈又买了两头牛，不过这回小姐妹俩很当心，不教他们识字，因为她们现在知道牛学知识，除了在马戏团找事干，是毫无用处的，看最好的书会给他们带来最大的麻烦。

小白母鸡变大象

07

爸爸妈妈换上礼服，在出门前，对两个女孩说：

“雨下得太大，不能带你们去看阿尔弗雷德叔叔了。抓紧时间把功课学好。”

“我已经学会了，”玛丽奈特说，“昨天晚上就会了。”

“我也已经学会了。”苔尔菲娜也说。

“那你们就玩吧，要安稳点儿，千万要注意别放任何人进来。”

爸爸妈妈走远了。小姐妹俩鼻子顶着玻璃窗，看了很长时间。大雨一阵紧似一阵，她们没能去看望叔叔，并不觉得怎么可惜。两个人正合计要玩吃奶游戏，突然看见火鸡走过院子，到仓房里躲雨，在那儿抖动着浇湿的羽毛，在胸前的绒毛上擦着他的大脖子。

“这种坏天气，火鸡可倒霉了，别的动物也都倒霉了，”

苔尔菲娜对妹妹说，“幸亏雨不会一直下个不停。假设下个四十天四十夜呢？”

“不可能，”玛丽奈特说，“让雨下四十天四十夜干什么呀？”

“当然不可能。我是想啊，咱们不玩吃奶游戏，也许能玩玩诺亚方舟的游戏。诺亚方舟是《圣经》里的传说，诺亚遵照上帝的话，造了一只船。船造好，发了洪水，诺亚全家上了船，还把每种动物救一对上船。洪水过后，船上的幸存者便成为人类和动物的新的始祖。”

玛丽奈特觉得这个主意很好，厨房就是个挺不错的方舟。至于动物，小姐妹俩找起来也不困难。于是，小姐妹俩到牲口棚和鸡舍，很容易地说服了耕牛、奶牛、马、绵羊、公鸡、母鸡，把他们领进厨房。大多数动物都很高兴玩诺亚方舟的游戏，可是也有几个在叽咕，像火鸡和猪，他们就不愿意让人瞎折腾。但是，玛丽奈特一本正经对他们说：

“要发洪水了。雨要下四十天四十夜。你要是不愿意上船，那就活该倒霉。洪水要把大地淹没，你们就要被淹死。”

这话真灵，几个叽咕的家伙一听，也赶紧往厨房里挤。对母鸡倒用不着吓唬，她们全要来玩。苔尔菲娜挑了一只，把其他的赶走了。

“要知道，我只能要一只。要是全都来的话，那还有什么劲儿。”

没用一刻钟，家里养的动物在厨房里全有代表了。大家担心牛犄角太长，进不了门，可是，他把头偏到一边，顺利地进来了；奶牛也照这样进来了。船上太挤了，只好让母鸡、公鸡、母火鸡、公火鸡和猫上桌子。不过，秩序一点也不乱，这些动物都非常听话。再说，他们到厨房里来，都有点怯生生的；除了猫，可能还有母鸡，其他的从来没有进来过。马站在挂钟旁边，一会儿看看钟盘、钟摆，一会儿又不安地摆摆两只尖耳朵。奶牛看着碗橱玻璃后面的各种东西，也感到非常新奇，还目不转睛地盯住一块奶酪和一罐牛奶，嘴里不禁念叨了好几遍：“我明白了，现在我算明白了……”

过了一会儿，动物们都怕起来。就是原先知道是做游戏的动物，这时心里也都嘀咕：这是不是真的在做游戏？这也难怪，只见苔尔菲娜坐在窗口，从指挥台往外张望，用令人不安的声音宣布：

“雨一直下个不停……水在上涨……园子已经看不见了……风一直刮得很猛。右转舵！”

玛丽奈特是舵手，听到命令便把烟囱风板向右调整，炉灶就憋回来一点烟。

“雨还在下……水已经没到苹果树枝了……注意岩石！左转舵！”

玛丽奈特又把烟囱风板向左调整，炉灶的烟小了点儿。

“雨还一直下……最高的树梢还看得见，可是，水还往上涨……完了，什么也看不见了……”

一听这话，有的动物大声哭起来。猪舍不得离开农家，不禁伤心至极。

“船上安静点儿！”苔尔菲娜喊道，“不许惊慌，都学猫的样子。瞧他，还在那儿打呼噜呢。”

猫果然还在打呼噜，好像什么事都没发生，他心里完全明白，发洪水是说着玩的。

“要是能很快就结束，那还可以。”猪哼哼唧唧地说。

“得要一年多的时间吧，”玛丽奈特明确地说，“不过，我们的食物都准备好了，谁也饿不着，都放心好了。”

可怜的猪小声啜泣，瘫作一团。他心想，这次航行可能要比小姑娘预计的时间长得多，总有一天食物会吃光的，到那时候，他身体最肥，就要被吃掉，因此吓得要死。猪心里正在害怕，这时，有一只小白母鸡爬到外面的窗台上。她浑身都让雨淋透了，用嘴敲敲玻璃窗，对苔尔菲娜说：

“我也非常想玩。”

“哦，可怜的小白母鸡呀，你没看见吗？不行啊，已经有一只母鸡了。”

“特别是船已经装满了。”玛丽奈特走过来，又强调一句。

小白母鸡非常失望，两个小姑娘看了很难受，玛丽奈特对苔尔菲娜说：

“不要紧，我们还缺一头大象呢。小白母鸡可以当大象……”

“真的，船上需要一头大象……”

苔尔菲娜打开窗户，用手把小白母鸡抱进来，要她当大象。

“哦！我非常高兴，”小白母鸡说，“可是，大象是什么样子的呀？我从来没见过。”

两个小姑娘就向她解释大象是什么样子。可是，怎么说她也不明白。苔尔菲娜想起来有一本彩色图画书，还是阿尔弗雷德叔叔送给她的，放在隔壁爸爸妈妈房间里。她让玛丽奈特照看船，自己抱起小白母鸡到隔壁房间，把书放在鸡的面前，翻到有大象的那页，又解释了几句。小白母鸡看着大象的画像，聚精会神地学习起来，因为她很想当大象。

“你在这房间里待一会，”苔尔菲娜对小白母鸡说，“我得回船上看看。但是，你等我来接你这工夫，要仔细看大象的模样儿。”

小白母鸡把她该扮的角色牢牢记在心中，结果变成了一头真象，这是她原先没敢想的。事情来得很突然，还没等她明白过来，就已经变成了大象。她还以为自己是只小鸡，蹲在很高的地方，头快顶到天棚了。她终于看清了自己的长鼻子、两颗象牙、四只大脚，以及又厚又粗糙的皮肤，皮肤上还有几撮白羽毛。她有点惊奇，可又非常满意。最令她兴奋的是，她有了一对大耳朵；可以说，她原先根本没有耳朵。她想：猪有一对大耳朵，得意极了，让他看看这对耳朵，也许会老实一点儿。

可是，小姐妹俩在厨房，完全忘了隔壁出色地进入了角色的小白母鸡。她们宣布：风停了，船在平静的水面上漂荡，趁此刻，要检查一下载着的所有动物。玛丽奈特拿着一个小本子，好把乘客的要求记下来。苔尔菲娜说：

“亲爱的朋友们，我们在海上，到今天已经是第四十五天了……”

“谢天谢地，”猪叹了一口气说，“时间过得比我原来想的快！”

“安静！猪——亲爱的朋友们，你们都体会到了，上这只船上对了。现在，难关渡过去了，我们可以有把握地说，再有十个月左右，我们就能回到陆地。现在，我敢向你们讲这个话。但是，这些天来，我们经常碰到死亡的危险，多亏了舵手，我们才平安无事。”

动物们都深切地感谢舵手。玛丽奈特兴奋地涨红了脸，指着她姐姐说：

“这也多亏了船长……不应该忘记船长……”

“当然啦，当然啦！”动物们随声附和道。

“你们真好，”苔尔菲娜对他们说，“你们绝对想不到，你们的信任给了我们多大的力量……我们还需要这种信任。最困难的时刻虽然过去了，但是航行远远没有结束……因此，我要问向你们有什么要求。猫先说吧。猫呀，你什么要求都没有吗？”

“我正要提呢，”猫回答说，“我想要一碗奶。”

“记下来，猫要一碗奶。”

玛丽奈特正往小本子上记猫的要求，大象却用鼻子把门轻轻地推开，往船上看了一眼。她发现游戏挺有意思，急于参加进来。可是，苔尔菲娜与玛丽奈特背对着她，这时候谁也没朝她的方向看。大象兴奋地想，小姑娘一发现她，准会大吃一惊。征询乘客要求的事很快就要结束了，小姐妹俩来到奶牛身边，可奶牛仍在观看碗橱里的东西；这时，大象把门全推开，用她自己都生疏的大嗓门说：

“我在这儿……”

小姐妹俩简直不相信自己的眼睛。苔尔菲娜怔住了，半天没吭声。玛丽奈特的小本子也掉到地上。她们现在疑惑起来：乘方舟是不是一场游戏？她们几乎真的相信洪水泛滥了。

“对呀！是我呀……”大象说，“我难道不是一头漂亮的大象吗？

苔尔菲娜尽量稳住神儿，没有朝窗口望去，因为她好歹是船长，让人看出她惊慌失措就不好了。她探过身去，小声地叫玛丽奈特去看看，园子是不是被水淹没了。玛丽奈特朝窗户走去，回来低声说：

“没有，全都好好的。院子里只有几小块地方有水。”

然而，动物都不认识大象，见了有点慌。

猪开始嗥叫起来，眼看着要引起同伴们的恐慌。苔尔菲娜严厉地说：

“猪要是不马上住口，我就让人把他扔到海里去——好，现在，我要说明一点，我忘了告诉你们，大象也同我们一道旅行。请你们再挤一挤，在船上给她让出个位置来。”

猪被船长的坚决态度吓住了，立刻停止喊叫。所有的动物都挤到一处，好尽量给新来的旅伴腾出地方。大象要进厨房来，可是，门不够高，也不够宽，没法儿进来。门起码得扩大一倍半才行。

“我不敢硬挤进来，”大象说，“就怕把墙全给带进来。要知道，我力气很大……可以说力大无比……”

“别挤，别挤，”两个小姑娘大声说，“不要硬挤进来！您就在那个房间里跟着玩吧。”

她俩原先没想到门太小，这又添了一件难办的事，真叫她们心惊胆战。大象要是能出去呢，就会在房子周围转悠，爸爸妈妈看到了不免吃惊，因为村子里没有这种动物，但是，他们无论如何怀疑不到女儿头上。第二天，妈妈也许会发现少了一只小白母鸡，可事情也就到此为止。反过来说，他们在自己房间里发现一头大象，就免不了要问，小姐妹俩就得承认：是她们把动物都集中到厨房，一起玩诺亚方舟的游戏，小白母鸡成了大象。

“可是，他们嘱咐的话清清楚楚，不能放任何人进厨房！”玛丽奈特叹气说。

“也许大象会再变回去，又成了小白母鸡呢，”苔尔菲娜叨咕着，“不管怎么说，小白母鸡是玩游戏才变成大象的，等游戏一做完，就没必要再是大象了。”

“也许是这样吧。那就快点儿玩儿吧。”

玛丽奈特又操起船舵，苔尔菲娜回到指挥台。

“继续航行！”

“噢，那太好了，”大象说，“我也可以玩了。”

“我们在海上已经九十天，没有任何情况。”苔尔菲娜又说。

“可是，好像在冒烟。”猪提了一句。

这话说对了，刚才，玛丽奈特看到大象，心情太紧张，不知不觉扭转了烟囱风板。

“海上航行一百七十二天啦！”船长宣布，“没有情况。”

时间过得相当快，一般来说，动物们都挺满意，只有大象觉得航行有点单调，禁不住提出来，还不高兴地补了一句：

“这很好啊，可是我呢，我在这里干什么呀？”

“您当大象，等着水退了，”玛丽奈特回答说，“我觉得您没什么可不满意的……”

“哦！好，等就等吧……”

“海上航行二百三十七天啦！风还在刮，可是，水位好像开始降了……水位降啦！”

猪听到这个消息，高兴极了，在地上打起滚来，还乐得直叫嚷。

“猪，安静，要不就让大象把你吃了。”苔尔菲娜说。

“嗯！对，我真想把他吃掉！”大象说。

大象还朝玛丽奈特眨眨眼睛，加了一句。

“这肯定有意思……”

“海上航行三百六十五天啦！看见园子啦，准备出去，要有秩序！洪水退完了。”

玛丽奈特走过去，打开通往院子的房门。猪怕被大象吃掉，急着冲出去，差一点儿把玛丽奈特撞倒。他觉得地面不算太泥泞，便冒雨跑回圈里；其他动物没有拥挤，按顺序离开厨房，有的回牲口棚，有的回鸡舍。只有大象还同两个小姑娘待在一起，看样子并不着急走。苔尔菲娜朝她走过去，一边拍巴掌一边说：

“好了，小白母鸡，好了……游戏做完了……该回窝了……”

“小白母鸡……小白母鸡……”玛丽奈特撒一把米叫着。

可是，她俩怎么求都没用，大象绝不肯重新变成一只小白母鸡。

“这可不是跟你们闹别扭，”大象说，“我是觉得当一头大象更有趣。”

爸爸妈妈傍晚回来，他们见到了阿尔弗雷德叔叔，心里非常高兴。他们的雨衣都湿透了，木鞋里也灌进了水。

“噢！天气太坏了，”爸爸妈妈打开门说道，“幸亏没带你们去。”

“我们的叔叔好吗？”小姐妹俩脸有点红，问道。

“等一下再告诉你们，先让我们回房间，把衣裳换了。”

爸爸妈妈说着，就朝他们的房门走去，已经走到厨房中间。

小姐妹俩吓得浑身直抖，心怦怦跳得非常厉害，不得不用双手捂住胸口。

“你们的斗篷全湿了，”苔尔菲娜说，她的声音很小，调门都变了，“最好脱在这里吧，我好放在炉灶旁边烤烤干。”

“咦，好主意呀，我们却没想到。”爸爸妈妈说。

斗篷还滴水呢，他们脱下来，晾在炉灶旁边。

“我想知道阿尔弗雷德叔叔怎么样了，”玛丽奈特叹气说，“他的大腿还犯风湿痛吗？”

“他的风湿痛犯得不厉害——再忍耐一会儿，等我们脱下礼服，换上便装，就全告诉你们。”

爸爸妈妈说着，又朝他们房门走去，就差两步走到了，这时，苔尔菲娜却插到前面，低声说：

“换衣裳之前，还是先把鞋脱掉吧，要不踩得到处是泥，把房间地板都弄脏了。”

“真的，对呀，好主意，我们没有想到。”爸爸妈妈说。

他们又回到炉灶旁边，把鞋脱下来。可这只是一分钟的事儿。玛丽奈特又提起阿尔弗雷德叔叔，但声音像蚊子叫，爸爸妈妈根本没听见。小姐妹俩见爸爸妈妈又朝房门走去，吓得脸蛋儿、鼻子，连同耳朵都僵硬了。爸爸妈妈已经抓住门把手了，忽然听到身边有哭声。原来玛丽奈特又害怕又后悔，憋不住哭起来。

“你哭什么呀？”爸爸妈妈问，“不舒服了吗？猫把你抓伤了吗？瞧你，倒是说呀，你哭什么？”

“因为大……因为大……”玛丽奈特结结巴巴地说，但哭哭啼啼说不下去。

“是因为她看见你们脚湿了，”苔尔菲娜赶忙接上说，“她担心你们伤风，觉得你们还是先坐到炉灶前边，把袜子烤干了。瞧，她把椅子都摆好了。”

爸爸妈妈抚摩着玛丽奈特的金黄头发，说他们为有这样一个好女儿高兴，但是，她用不着担心他们会伤风。他们还说一换好衣裳就来烘脚。

“恐怕先烘脚好，”苔尔菲娜坚持说，“重感冒起来快着呢……”

“噢！这事儿常见……木鞋里进水也不是头一遭了，我们从来也没感冒过。”

“我这样讲，好让玛丽奈特放心。她主要是有点担心阿尔弗雷德叔叔的身体。”

“阿尔弗雷德叔叔的身体很好嘛！比什么时候都强，放心吧。再过五分钟，你们就全知道了，会告诉你们的。”

苔尔菲娜再也想不出什么话讲了。爸爸妈妈向玛丽奈特笑了笑，又抬脚要回房间。这时，躲在灶底下的猫把尾巴放在炉灰里，又使劲摇尾巴；他们从猫旁边走过，细灰粉钻进鼻子里，一连打了好几个喷嚏。

“瞧瞧，”小姐妹俩高声说，“可不能再磨蹭了，赶紧烘脚吧。快来坐下。”

爸爸妈妈也有点慌，只好承认玛丽奈特说得对，走过去坐到炉子旁。他们把脚放在炉盘上，看着袜子冒气，呵欠不断。他们冒雨出门，路又远，又泥泞，也确实累了，很想睡觉。小姐妹俩紧张得大气儿不敢出。

突然，他们惊跳起来：厨房传来重重的脚步声，震得碗橱的盘碟都哗啦哗啦响。

“啊，这……有人在房间里走动……甚至可以说……”

“没什么，”苔尔菲娜说，“是猫在谷仓里追耗子。今天下午，他就闹得这样响。”

“不可能！你肯定听错了。猫怎么能把碗橱震响了呢？你准是听错了。”

“没错儿，是他那时候亲口对我说的。”

“哦？怪啦！我怎么也不会相信，一只猫能弄出这么大声响。”

猫在炉灶底下缩成一团。脚步声几乎马上停了，爸爸妈妈的睡意也没了，他们等着袜子完全烤干，就开始讲他们去看阿尔弗雷德叔叔的情况。

“叔叔在门口等着我们。他看到天气这样坏，就想到你们不会去。唉！他可想你们啦，可惜没见到，让我们——奇怪，又响起来啦！真的，墙都震动啦！”

“倒是说呀，阿尔弗雷德叔叔让你们给我们捎什么话来啦？”

“对，他跟我们说——哼！这回呀，你们可不能再说是猫了，房子好像都要塌了。”

猫在炉灶底下越缩越小，可是尾巴尖却露出来，等他觉察已经晚了。他正要把尾巴收到两腿中间，却被主人发现了。

“现在，你们不能再怪猫了吧，他就在炉灶下面呢。”爸爸妈妈说。

脚步声响极了，把炉灶震得直跳。爸爸妈妈正要离开座位，去看看声响从哪儿来的。这时猫从躲的地方出来，伸了伸腰，仿佛刚睡醒似的，气冲冲地说：

“真倒霉，连个安稳觉都睡不了！不知道这马怎么了，从今天早晨开始，总是踢墙，踢隔板，弄得咚咚作响。我以为到厨房里来，总该听不见了吧，结果比在谷仓里还糟。马这样乱跳乱蹦究竟怎么回事儿？”

“真的，”主人说，“这牲口一定是病了，要不就是心里不痛快。我们一会儿看看去。”

在他们谈论马的时候，猫摇着头注视小姐妹俩，似乎对她们说：这些话都没用，最好不要固执。其实，这又何必呢？她们阻挡不了爸爸妈妈进房间，早五分钟还是晚五分钟，对事情毫无影响。小姐妹俩也差不多同意猫的意见，但她们想晚五分钟总比早五分钟好。

“你们刚才正跟我们说，叔叔让你们给我们……”苔尔菲娜问道。

“哦！对啦，阿尔弗雷德叔叔……他完全理解，这种天气不适合带孩子出门。你们知道，那时雨下得很大，特别是我们到的那会儿，真是瓢泼大雨……幸好，不久雨小点儿了，对吗？”

爸爸妈妈向窗外望了一眼，惊叫了一声，他们看见马在院子里溜达。

“怎么回事儿！马不是在那儿吗？他挣开了缰绳，跑到院子里兜风来了。随他便吧，过一会儿就会安静下来，至少不会听到他在马棚里乱蹦乱跳了。”

话音未落，脚步声又响起来，比前几次还要重。地板嘎吱嘎吱直响，房子从顶到地都嘎吧嘎吧响。桌子跷起两条腿，爸爸妈妈觉得自己在椅子上摇来摇去。

“这次可不是马，马还在院子里呢！”他们大声说，“对不对，猫？不是马吧？”

“当然不是，”猫回答，“当然不是……准是牛在牛棚里不耐烦了……”

“你瞎说什么，从来没有见过牛休息时会不耐烦的。”

“那就是绵羊向奶牛找碴儿呢。”

“绵羊找碴儿？哼！……我们觉得这里边……哼！这里边有鬼……”

小姐妹俩又开始发抖，抖得很厉害，头上的金发直晃动；爸爸妈妈见这情景，就认为女儿没听话还嘴硬。他们咕哝着：

“嗯！好哇……你们要是真的放人进屋来……哼！你们要是放进了人……淘气鬼！你们最好……最好什么，我也说不清了。”

爸爸妈妈皱着眉头，样子很凶，小姐妹俩连瞅都不敢瞅一眼。猫也吓得够呛，不知道如何是好。

“脚步声好像离得很近，这一点没问题，”爸爸妈妈咕哝着说，“肯定不是从马棚里传来的……听着就像在隔壁房间走动……对，在房间里……去看看就知道了。”

袜子已经完全烤干了。爸爸妈妈眼睛盯着房门，从椅子上站起来。苔尔菲娜和玛丽奈特在他们身后拉起手。他们越往前走，小姐妹俩抱得越紧。猫用身上的毛蹭她俩的腿肚子，表示他仍然是朋友，给她俩点儿勇气。但是，这事儿也着实吓人。小姐妹俩觉得心都要跳出来了。爸爸妈妈把耳朵贴在门上，疑惑地听了听，终于扭动把手，门咯吱咯吱开了，房中一时间静了下来。苔尔菲娜和玛丽奈特浑身发抖，朝屋里看了一眼，只见一只小白母鸡悄悄从爸爸妈妈的腿中间溜出来，不声不响地穿过厨房，到大时钟底下趴下了。

群策群力做算术题

08

爸爸妈妈把农具靠墙放下，推开厨房的门，只见苔尔菲娜和玛丽奈特背对着他们，并排坐在桌前，面前摆着练习本，嘴里咬着笔杆，腿在桌子下晃来晃去。

“怎么样？”爸爸妈妈问，“这道题做出来了吗？”

她俩脸红了，把笔杆从嘴边拿开。

“没做好，”苔尔菲娜可怜巴巴地回答，“太难了。老师留作业的时候就说难。”

“老师既然让你们做，就说明你们能做出来。你们两个呀，总是老毛病。要说去玩，抬脚就走；叫干正经事儿呢，就不见影啦，一个人也找不到，这情况得改变改变。瞧你们两个傻丫头，都十岁了，连道算术题都做不出来。”

“我们想了两个钟头了。”玛丽奈特说。

“那好哇！接着想吧。今天礼拜四，下午你们在这儿过吧，到今天晚上，这道题一定得做出来。要是做不出来，哼！要是做不出来——算了，我不希望你们这样。”

爸爸妈妈一想到姐妹俩晚上可能还做不出算术题，就非常生气，不禁朝前走了几步，到了女儿身后，从她俩的小脑袋上边往下一看，只见苔尔菲娜与玛丽奈特在练习本上乱涂乱画，一个画了一个小木偶，占了整整一页纸；另一个画了一座房子，烟囱正在冒烟，鸭子在池塘里戏水，还有一条长长的小路，邮递员骑车过来。小姐妹俩伏在练习本上，不敢吭气。爸爸妈妈气得喊起来：“这简直叫人不能相信，我们不该摊上这样的女儿。”两人一边喊，一边在厨房里走来走去，挥着胳臂，不时还停下来跺脚。狗在桌子底下，躺在小姑娘的脚边，听主人闹得这样凶，便起身走到主人面前。他是布里地区的长毛牧犬，很爱主人，但更爱苔尔菲娜和玛丽奈特。

“主人哪，瞧你们，也不讲点情理，”狗说，“光大喊大叫，挥手跺脚，也不能帮助她们做好习题呀。首先我想问一句，外边天气这样好，干吗让她俩闷在这儿做习题呢？可怜的小姑娘最好出去玩玩。”

“说的倒好啊。可等将来，她们长到二十岁，嫁了人，还那么愚蠢，就会受到丈夫的嘲笑。”

“她们可以教丈夫玩扔球，玩跳羊。对不对，小姑娘？”

“哦！对。”小姐妹俩说道。

“住口，你们！”爸爸妈妈叫嚷，“做作业！你们也不知道害臊，两个人做不出一道算术题。”

“你们这样操心是多余的，”狗说，“她们要是算不出来，那有什么法儿，不会就是不会，不要强人所难。最好认了，我就是这样。”

“要是把在本子上乱写乱画的时间用来——算啦，没必要跟狗讲道理。咱们走吧。你们两个不许玩。算术题到晚上做不出来的话，有你们好瞧的。”

说完，爸爸妈妈离开厨房，拿起锄头，去土豆地里锄草。苔尔菲娜与玛丽奈特趴在练习本上，抽抽噎噎地哭起来。狗过来插在两把椅子中间，两只前爪扒在桌子上，用舌头挨个舔她俩的脸蛋。

“这道题，真这么难吗？”狗问。

“问它难不难？”玛丽奈特叹气说，“道理很简单，我们根本就不懂。”

“我要知道是怎么回事，”狗说，“也许会想个主意。”

“我来给你念念这道题，”苔尔菲娜说，“本区树林面积为十六公顷。已知每公亩种植三棵橡树、两棵山毛榉和一棵桦树，求本区树林里每种树各有多少棵？”

狗问：“一公顷有多大？”

“不太清楚，”苔尔菲娜说，她是姐姐，因此学问最大，“一公顷，大概跟一公亩差不多大，要说哪一个大些，我就不知道了。好像一公顷大一点儿。”

“不对，”玛丽奈特不同意地说，“一公亩大。”

“你们别争了，”狗说，“一公亩大点儿还是小点儿，这没关系，还是来看看习题吧。瞧，‘本区树林……’”

狗把整个习题背下来，想了很久，有时晃晃耳朵，给小姐妹俩一点希望，但他不得不承认白费劲，没有考虑出头绪。

“别泄气。题目难也不怕，最后总能做出来。我把家里的动物全都找来，集思广益，一定能找到答案。”

狗从窗口跳出去，先去草场，对正在吃草的马说：

“本区树林面积为十六公顷……”

“很可能，”马说，“可我看不出，这同我有什么关系。”

狗向马介绍两个小姑娘碰到难题的情况。马立刻着急起来，也同意让全家的动物来做这道题。马回到院子，嘶叫三声，四只蹄子乱蹦，踢在车板上，发出像鼓一样的咚咚声。母鸡、奶牛、耕牛、鹅、猪、鸭子、猫、公鸡、小牛，闻声从四面八方赶来，在房前围成三个半圆。两个小姑娘站在窗口，狗在她俩中间，开始向大家说明要他们干的事，并把题目说了一遍：

“本区树林面积为十六公顷……”

动物们都默默地思考，狗转身对小姐妹俩眨眨眼，表示他满怀希望。但是，不大工夫，动物们就嗡嗡地叽咕起来，显然泄了气。大家本来对鸭子寄予很大希望，可他什么也没想出来，鹅也纷纷叫嚷着头疼。

“太难了，”动物们七嘴八舌地说，“这不是我们能算出来的。我们根本就不懂。”

“我呀，我放弃了。”羊说。

“太不认真了，”狗说，“你们不能看着两个小姑娘为难，不能袖手旁观哪。再思考思考。”

“脑袋想得炸开也没有用，”猪咕哝说，“反正不顶事。”

“你根本不愿意帮小姑娘做事，当然会这样讲了，”马说，“你跟主人是一伙的。”

“没那事儿！我是向着小姑娘的。但是，我认为这样一道题……”

“安静！”

动物们又开始思索起来，但还是丝毫没有结果。鹅的脑袋越来越疼，奶牛打起瞌睡来，马尽管有良好的愿望，也东瞧瞧，西望望，变得心不在焉了；他朝牧场那边瞧，看见一只小白母鸡来到院子。

“你怎么不紧不慢的，”马对她说，“怎么搞的？你没听见集合的号令吗？”

“我正在下蛋，”小白母鸡不以为然地说，“你总不能禁止我下蛋吧。”

她走进动物们围成的半圆里，在第一排母鸡中间找了个位置，然后打听集合干什么。狗已经开始泄气了，觉得没什么必要给小白母鸡解释；可是小白母鸡根本就不相信会有把所有动物都难倒的算术题。小白母鸡又问苔尔菲娜与玛丽奈特，她俩出于尊重她，决定告诉她。狗开始解释，又把这道题重复了一遍：

“本区树林面积为十六公顷……”

“哦！我看这并不难，”小白母鸡听狗讲完，说道，“我觉得这很简单。”

小姐妹俩高兴得脸都红了，满怀希望地看着她。然而，动物们交换了一下看法，有的就说起了怪话：

“其实她什么也没想出来，不过想引人注意罢了，她不见得比我们强。哼，一只小小的母鸡，算得了什么。”

“好啦，让她说说吧，”狗说，“安静点儿，猪、奶牛，还有你们，都别讲话了。好，说说看，你找到什么答案了？”

“我再说一遍，这道题很简单，真奇怪，怎么谁也没有想到，”小白母鸡回答，“这个区的树林离这儿不远。要想知道那里有多少棵橡树，多少棵山毛榉，多少棵桦树，只有一个办法，就是去数一数。咱们大家一同去，肯定要不了一个钟头就能数出来。”

“哎呀，真的！”狗叫起来。

“哎呀，真的！”马也叫起来。

苔尔菲娜与玛丽奈特非常惊奇，一时不知说什么好。她俩从窗口跳出来，跪在小白母鸡身边，抚摩她的羽毛，摩挲她的脊背和嗉子上的毛。小白母鸡谦虚地说：“这算不了什么。”动物们也都围拢来夸她。猪尽管有点妒忌，还是无法掩饰佩服的神情，嘴里说：“真没想到，这小家伙还真有两下子。”

马与狗让大家停止恭维。苔尔菲娜与玛丽奈特领着家里所有的动物，穿过大路，走进树林。进了树林，得先教大家认识什么是橡树、山毛榉和桦树；然后，按动物多少，把树林分成多少片，总共四十二片（小鸡、小鹅、小猫和小猪不算数，只让他们数数草莓与铃兰花）。猪又发牢骚，说分给他的一片不如别的片大，还嘀咕说，分给小白母鸡的这片应该归他。

“可怜的朋友，”小白母鸡对猪说，“我不知道我这片有什么好处，使你看着眼馋。不过我知道，人家说蠢得像猪，一点不错。”

“小傻瓜，你找到解题的办法，尾巴就翘到天上去了？其实，这谁都能想得出来。”

“我也没说别人想不出来呀！玛丽奈特，把我这片给这位猪先生吧，另给我分一片，离这个粗鲁的家伙越远越好。”

玛丽奈特满足了猪和小白母鸡的要求。动物都数起来，小姐妹俩挨片走，统计数目，记在练习本上。

“橡树二十二棵，山毛榉十一棵，桦树十四棵。”母鹅报数字。

“橡树三十二棵，山毛榉十一棵，桦树十四棵。”马报数字。

他们报完，又重新从头数一遍。事情进展得很快，看来不会有什么意外。四分之三的树都数清了，鸭子、马和小白母鸡刚刚数完，忽听树林里一阵嗥叫声，原来是猪在呼救：

“救命呀！苔尔菲娜！玛丽奈特！救命呀！”

小姐妹俩顺着喊声，和马同时跑到猪的跟前去，只见一只大野猪愤怒地瞪着猪，厉声问他：

“白痴，叫嚷够了没有？你大白天犯什么毛病，跑到这儿吵醒人家？我来教训教训你该怎么处事。你这呆头呆脑的家伙，早应该躲在家里，别到树林子里来丢人现眼。——喂，孩子们，你们都回窝去。”

他最后这句话，是冲着十几只小野猪说的。他们正在猪的周围挤来挤去，甚至钻到猪的四条腿中间玩起来。他们同猫一样大小，小眼睛笑眯眯的，背上有长花条纹，黑白分明。也许多亏了他们，猪才捡了一条命，因为野猪要是扑向他，难免要踩死一两只小野猪。

“这些家伙又来干什么？”野猪看到马和小姑娘，又咆哮起来，“我看，简直像在公路上，就差没来汽车了。我可没法容忍了。”

野猪的样子十分凶恶，两个小姑娘一见非常害怕，马上停住脚步，结结巴巴地请求原谅，可一发现小野猪，两人便忘了大野猪那副凶相，高兴得叫起来，说从来没见过这样可爱的小东西。她俩说着，就同小野猪玩起来，抚摩他们，抱他们。小野猪见有人跟他们玩，非常高兴，嘴里咕噜咕噜叫着，显得又快活又友好。

“多漂亮啊，”苔尔菲娜和玛丽奈特不住地夸赞，“多可爱，多乖呀！”

大野猪的样子不凶了，眼睛也像小野猪一样笑眯眯的，脸上也显出温柔的表情。

“这窝崽子是不错，”野猪说，“他们天天无忧无虑，就知道在我们周围吵闹，可有什么法子呢，他们还小嘛。他们妈妈说他们挺好看，说真的，你们也这样说，我真高兴。不过，坦率地说，盯着我看的这头猪，蠢头蠢脑的样子，可就没法儿说了。多可笑的畜生啊！竟有长相这样丑的？我真感到意外。”

猪还在吓得发抖，一句话也不敢分辩，只是气得眼珠子乱转，认为自己比野猪漂亮。

“小姑娘，你们跑到树林里来干什么？”

“我们和家里所有的朋友一起来，数数有多少树。让马告诉你吧，我们还得把题算完。”

苔尔菲娜与玛丽奈特又亲了亲小野猪，说一会儿再来，便走开了。

“是这样，”马说，“学校老师给两个小姑娘留了一道习题，难极了。”

“我听不大明白，得原谅我，我一直与世隔绝，只是夜间出去活动活动，对村子里的生活很陌生。”

野猪停下，朝猪瞥了一眼，提高嗓门继续说：

“这个畜生真丑，我简直看不惯。他这粉红色的皮肤，实在叫人恶心。算啦，不提他了。我是说，我是在夜间活动的，所以很多事不清楚。比方说，什么叫学校老师？什么叫习题？”

于是，马又向他解释，什么是学校老师，什么是习题。野猪对学校非常感兴趣，可惜不能把小野猪送去学习。他有一点不理解，小姑娘的父母为什么那样严厉。

“谁见过我逼孩子做一下午习题，不让他们玩呢？而且，他们也不会听我的，他们的妈妈护着他们。这道了不起的习题，究竟是什么内容啊？”

“是这样：本区树林面积为……”

马讲完了习题，野猪见一只松鼠跳到一棵山毛榉的矮枝上，便喊住他：

“你快去数数，树林里有多少棵橡树，多少棵山毛榉，多少棵桦树。我在这儿等着。”

松鼠马上钻进树丛里不见了。野猪胸有成竹地说：“松鼠已经去喊他的伙伴了，用不了一刻钟，就会送来数字。这样，可以同苔尔菲娜与玛丽奈特的数字核对一下，看看准确不准确。”猪还愣在小野猪中间，猛然想起自己的任务还未完成，可是已弄不清数到哪儿了，必须从头再数。他正在犹豫不决的时候，看见鸭子和小白母鸡来了。

“希望没太累着你，”小白母鸡对猪说，“刚才何必那么傲慢，趾高气扬，结果事情一点没干。还是鸭子和我替你干了吧。”

猪非常尴尬，不知道说什么好。小白母鸡又冷淡地加了一句：

“不用道歉，也用不着谢我们，没关系。”

“真的，他都占全了：长得丑，皮肤红赤赤的，还懒得要命。”

这时，小野猪又围住新来的动物，要和他们玩耍。可是，小白母鸡不喜欢这样随便，求他们别吵。但是，小野猪不听，一会儿用头撞撞她，一会儿把蹄子搭到她的背上，她不得不跳到一棵榛树上。这时，苔尔菲娜和玛丽奈特领了家里其他动物，来向猪要统计数字，结果是鸭子和小白母鸡替猪说出来。现在，只要做三次加法就行。几分钟之后，苔尔菲娜宣布：

“这个区的树林里，共有橡树三千九百一十八棵，山毛榉一千二百一十四棵，桦树一千三百零二棵。”

“不出我的所料。”猪说。

苔尔菲娜表扬动物们干得很出色，特别感谢小白母鸡弄懂了习题，想出了解题的办法。小野猪见一下子来了这么多生客，开头还有点胆怯，不一会儿胆子就大起来，走到鹅群跟前。母鹅都很和善，乐意同小野猪玩；两个小姑娘也跟着玩起来；最后，所有的动物都参加进来；大野猪笑得嘴都合不拢。树林里从来没有这样热闹，这样快活过。

“我不愿意扫你们的兴，”狗过了一阵说，“可是，太阳西沉了，主人马上就要回家了，他们进门要是不见一个人影儿，准会发脾气。”

大家正要走，一群松鼠跑来，跳到一棵山毛榉下边的小树上，其中一只对野猪说：

“这个区的树林里，共有橡树三千九百一十八棵，山毛榉一千二百一十四棵，桦树一千三百零二棵。”

松鼠报的数字，与小姐妹俩计算出来的一样。野猪非常高兴，说道：

“这证明你们算得对。明天，老师准会给你们好分数。嘿！我真希望能当场听到老师表扬你们，我也真想去看看学校。”

“明天早晨去吧，”两个小姑娘提议，“老师不怎么厉害，她会让你进教室的。”

“真的吗？那好哇！”野猪说，“我不能说不去，让我考虑考虑吧。”

小姐妹俩离开的时候，野猪已决定第二天去学校。马和狗也答应去，免得只有野猪一个去见老师。

爸爸妈妈收工回来，见苔尔菲娜与玛丽奈特在院子里玩，就冲着她们喊：

“你们的习题做完了吗？”

“做完了，”小姐妹俩一面答应着，一面迎上去，“还真费了我们不少劲儿。”

“这活儿还真累人呢，”猪在一旁说，“不是我夸口，在树林里……”

玛丽奈特踩了一下猪的蹄子，才让他住了口。爸爸妈妈斜眼看了看猪，嘴里咕哝说：“这畜生越来越蠢了。”接着对女儿说，“习题做出来还不算完，必须做对。对不对，明天就知道，看老师给你们多少分。要是做错了，就别指望这么容易混过去。草草率率做一道习题，那还不容易？”

“我们可不是马马虎虎做的，”苔尔菲娜说，“你们放心好了，题做得对。”

“而且，松鼠的答案和我们的相同。”猪在一旁又说。

“松鼠！这只猪敢情疯了。看他这眼神就怪。好啦，别再啰唆，回你的猪圈去吧。”

第二天早晨，老师来到校门口，让学生们进去，她发现院子里有一匹马、一条狗，一只猪和一只小白母鸡，并不觉得奇怪。邻近农户的家禽家畜跑到学校来，也是常有的事。然而，藏在篱笆后边的野猪突然蹿出来，叫她又惊又怕。要不是苔尔菲娜与玛丽奈特当即让她放下心，她准要大喊救命。

“老师，不要怕。我们认识他。这只野猪非常和善。”

“请原谅，”野猪走上前说，“我不想打扰您，可是，我听人夸您的学校和您的教育，就特别想来听您一堂课。我肯定会学到很多东西。”

老师听了恭维话，心里虽然甜滋滋的，但还是犹豫让不让野猪进教室。而且，其他动物也走上前，请求同样的照顾。

“我和我的同伴们，保证老老实实，绝不打扰课堂秩序。”野猪说。

“好吧，”老师说，“让你们进教室，我看也没什么妨碍。排好队。”

在教室门前，小姑娘们排成两行，动物排在她们后边。野猪和猪站在一排；小白母鸡和马站在另一排，狗在排尾。老师拍了拍手，大家就走进教室，既没有吵闹，也没有拥挤。狗、野猪和猪坐到小姑娘中间，小白母鸡蹲在椅背上，马的身子太大，坐不了，就在教室后边站着。

开始上课，老师先让学生练习写字，接着讲一节历史。她讲到十五世纪，特别讲了国王路易十一，说他是个暴君，常常把人关进铁笼子里。“幸亏时代变了，”老师说，“现在，再也不会把谁关进笼子里了。”老师刚讲完这几句话，小白母鸡站起来，要求发言。

“看得出来，您对国家的情况并不了解，”小白母鸡说，“事实上，十五世纪以来，什么也没有改变。告诉您，我经常看到一些可怜的母鸡被关在笼子里，这种做法一时还不会结束。”

“这真叫人难以相信。”野猪叫起来。

老师的脸红得厉害，因为，她也关着两只母鸡，好把她们养肥。她打算下了课就回去把鸡放出来。

“我要是当国王，”猪说，“就把主人关进笼子里。”

“可惜你永远也当不上国王，”野猪说，“你长得太丑。”

“我却知道，有人跟你的看法截然相反。就在昨天傍晚，主人看着我说：‘猪越长越好看了，得好好喂他。’我一点也没有瞎编。他们说这话的时候，这两个小姑娘在场。对不对，小姑娘？”

苔尔菲娜和玛丽奈特挺窘，只好承认爸爸妈妈说过这种赞扬话。猪得意了。

“不管怎么说，我就没见过你这样难看的动物。”野猪说。

“显然你没有看看自己。你这两颗大牙龇在外边，样子多可怕。”

“什么？你竟敢这样放肆？等着，蠢货，我来教训你，让你懂得尊敬正派人。”

猪一见野猪从椅子上跃起，就连声尖叫，在教室里乱窜，他被吓蒙了，差点把老师撞倒。“救命啊，”猪喊叫，“他要杀死我呀！”他钻到桌子中间，把课本、练习本、钢笔、墨水瓶撞得散落一地。野猪在后边紧追不舍，嚷着要挑破猪的大肚皮。这下子教室里更乱套了。野猪从老师坐的椅子下边过，把老师连人带椅子驮起来，跑了好一会儿。这样一来，他的速度受到了影响。苔尔菲娜和玛丽奈特赶紧劝他冷静下来，提醒他曾经保证过不打扰课堂秩序。狗和马也从旁劝阻，野猪总算听了话。

“请原谅我，”野猪对老师说，“我有点急躁。但是，这家伙太丑，不可能原谅他。”

“我本该把你俩都赶出教室，但考虑你们是初犯，就算了，只给你们的操行记零分。”

老师在黑板上写道：

野猪：操行，零分。

猪：操行，零分。

野猪和猪都挺懊恼，可是怎么哀求老师擦掉零分，老师也不肯。

“什么表现，就给什么分。小白母鸡，满分；狗，满分；马，满分。现在开始上算术课。关于这个区树林的习题，看看你们是怎么做的。你们谁做出来了？”

只有苔尔菲娜和玛丽奈特举起了手。老师看了一眼她们的练习本，撇了撇嘴，好像怀疑她们的答案不正确。这叫小姐妹俩有点担心。

“你们瞧，”老师走到黑板前说，“再重复一遍：这道题说本区树林面积为十六公顷……”

她给学生讲解应该如何解这道题，在黑板上做了示范，最后得出结果：

“本区树林里有橡树四千八百棵，山毛榉三千二百棵，桦树一千六百棵。”老师接着说，“苔尔菲娜和玛丽奈特的答案错了，不及格。”

“对不起，”小白母鸡说，“我为您惋惜，其实是您错了。这个区树林里有三千九百一十八棵橡树，一千二百一十四棵山毛榉，一千三百零二棵桦树。这是小姐妹俩算出来的。”

“真荒唐，”老师反驳道，“桦树不可能比山毛榉多。

再看看算法……"

"这种算法站不住脚。这个区树林里就是有一千三百零二棵桦树。我们昨天下午到那儿去数了。你们说说，是不是这样？"

"是这样。"狗、马和猪在一旁证明。

"我也在场，"野猪说，"那些树数过两遍。"

老师还极力向动物们解释，说习题中本区树林，同实际的树林毫无关系。可是，小白母鸡生气了，她的伙伴也都不高兴起来，一致说："如果题目本身都不可信，那就毫无意义了。"老师说他们全都是笨脑瓜，气得脸通红，要给两个小姑娘打不及格。这时，一位教育视察员走进教室。他一进门，看见教室里有一匹马、一条狗、一只鸡、一只猪，特别是还有一只野猪，非常吃惊。

"好，就这样吧，"视察员说，"你们谈什么问题呢？"

"视察员先生，"小白母鸡说，"老师前天给学生留了一道算术题，内容是：本区树林面积为十六公顷……"

视察员听小白母鸡说完，毫不犹豫地认为她完全对，先吩咐老师给两个小姑娘打满分，记在她俩练习本上，又让老师擦掉猪与野猪的操行零分。"本区的树林就是本区的树林，"

视察员说，“这是不容讨论的。”他对动物们非常满意，全给打了满分，认为小白母鸡分析得很好，授给她一枚十字奖章。

苔尔菲娜与玛丽奈特心情轻松地回到家里。爸爸妈妈见女儿得了优，又高兴又得意（他们以为狗、马、小白母鸡和猪的好分数，都是女儿得的），还买了新文具盒奖励两个女儿。

Marcel Aymé

LES CONTES DU CHAT PERCHÉ

图书在版编目（CIP）数据

捉猫故事集 /（法）马塞尔・埃梅著 ; 李玉民译 . 上海 : 上海译文出版社 , 2025. 3. --（夏洛书屋 : 美绘版）. -- ISBN 978-7-5327-9721-9

Ⅰ. I565.88

中国国家版本馆 CIP 数据核字第 20250FB382 号

捉猫故事集
LES CONTES DU CHAT PERCHÉ

Marcel Aymé
[法] 马塞尔・埃梅 著
李玉民 译

插　　图 [法] 娜塔莉・帕兰
封面题字 Lisk Feng
版式设计 申祁颉工作室

选题策划 赵　平
责任编辑 唐艳琳
装帧设计 柴昊洲

上海译文出版社有限公司出版、发行
网址：www.yiwen.com.cn
201101　上海市闵行区号景路 159 弄 B 座
上海雅昌艺术印刷有限公司印刷

开本 890×1240 1/32 印张 6.5 插页 4 字数 65,000
2025 年 3 月第 1 版 2025 年 3 月第 1 次印刷
印数：0,001–5,000 册

ISBN 978-7-5327-9721-9
定价：48.00 元

夏洛书屋

第一辑

1 夏洛的网
2 精灵鼠小弟
3 吹小号的天鹅
4 小王子
5 铁路边的孩子们
6 想做好孩子
7 闯祸的快乐少年
8 鹅妈妈的故事
9 柳林风声
10 吹牛大王历险记

第二辑

11 爱丽斯漫游奇境
12 快乐王子
13 恰佩克童话
14 秘密花园
15 金银岛
16 木偶奇遇记
17 小鹿班比
18 银河铁道之夜
19 捣蛋鬼日记
20 小野人和长毛象

第三辑

21 夜鸟
22 总有一天会长大
23 巫师的斗篷
24 穆尔克国的故事
25 猫女咪妮
26 列那狐的故事
27 绿野仙踪
28 彼得·潘
29 德鲁伊和魔蜂
30 西顿动物记

第四辑

31 比波王子
32 美丽谷街奇妙事
33 圣诞故事
34 智慧童话
35 魔女莫蒂
36 北风的背后
37 四个孩子和一个护身符
38 五个孩子和凤凰与魔毯
39 魔堡
40 伊索寓言

第五辑

41 北风遗忘的手绢
42 露露一定有办法
43 梦想家彼得
44 昆虫记
45 安徒生童话
46 八十天环游地球
47 老人与海
48 兔子坡
49 本和我
50 莎士比亚故事集